KYMMENEN TARINAA

Ari Pitkäranta

Vaeltajan kymmenen tarinaa

Kannen suunnittelu: Ari Pitkäranta
Sisuksen taitto: Heidi Luotolahti-Pitkäranta

Kustantaja: BoD – Books on Demand, Helsinki, Suomi
Valmistaja: BoD – Books on Demand, Norderstedt, Saksa
ISBN: 978-952-80-7193-8

Omistuskirjoitus

Omistan Vaeltajan kymmenen tarinaa -kirjan lukijoilleni kotimaassa ja ulkomailla. Kirjasto on ollut innoittajani koko ikäni. Kouluaikani kirjasto oli nimeltään Lainasto. Sitä hyödynsin Vatajan kylän kansakoulussa, Honkajoen oppikouluaikanani, lyseo aikanani Kankaanpäässä ja Tampereella Kalevan lukiossa. Olin ahkera kirjaston kuluttaja. Kirjoittamalla pääsin oppikouluun sisään ja kirjoittamalla pääsin yliopistosta opintojen jälkeen ulos. Eikä kirjoittaminen ota vieläkään laantuakseen. Se on tarttunut pysyvästi. Pitää myös kirjata liikkumisia ja pysähtymisiä vaelluksen aikana. Kameran ja kynän pitää olla Vaeltajan silmä ja korva. En voi väheksyä olkalaukun merkitystä seuralaisenani, vaikka kamera on puhelimessa. Puhelin on suurentunut kameran vuoksi, eikä se mahdu enää kirjailijan taskuun.

Kirjailijaesittelyni Kankaanpään kirjastossa 6.3.2024. Tervetuloa matkalle.

"Tervetuloa viettämään Satakunnan ja Satakirjastojen ensimmäistä Paikalliskirjailijaviikkoa. Tapahtuman järjestävät yhteistyössä Porin kaupunginkirjasto, Satakirjastot, Porin seudun kansalaisopisto ja Manuscript-63 ry. Viikon tarkoituksena on tietenkin täydentää kirjastojen tietokantaa maakunnan kirjailijoista, mutta tärkeää on ollut myös nostaa esiin satakuntalaisten kirjailijoiden merkitystä paikallisen kulttuurin tuottajina ja tallettajina".

Tämän illan kirjailijavieras Ari Pitkäranta täyttää viikon ehdot erinomaisesti. Vaikkakin on oman teemansa mukaan vaeltaja. Todistettavasti paikoilleen pysähtymisiä on tapahtunut runsaasti ainakin Honkajoen maisemissa, Vatajan kylässä, sillä muisteluista ensimmäinen ja henkilökohtaisin oli Vatajan kylän mies. Myöhemmin, toisessa kirjassa, muistelut laventuivat koskemaan Vatajan kylän siirtolaisia, romaneja ja kanta-asukkaita. Ruoka-aiheillekin löytyi kirjassa tilaa, kun silloisissa töissä vaadittiin runsaasti energiaa. Ja viimeisimmässä kirjassa palataan Joelle - kuvaamaan nykyajan Vatajan kylää.

Arin vaeltelu ei ole jäänyt Honkajoelle ja menneisiin aikoihin, sillä Satakirjastojen tietokannasta löytyy myös Budapestin päiväkirjat. Ja paljastan nähneeni häneltä Facebookin kuvia ja tarinoita paitsi Kankaanpään torielämästä niin vieläkin eksoottisemmista maisemista. Ari on nimittäin ollut tuottelias dokumentoija. Hän tekee todeksi Tolkienin lausahduksen Kaikki, jotka vaeltavat eivät ole eksyksissä. Toisaalta olen lukenut, että jos et tiedä, minne olet matkalla, mikä tahansa tie johtaa perille. Ja joku viisas muistuttaa: Jos meidät olisi tarkoitettu pysymään yhdessä paikassa, meillä olisi juuret jalkojen sijaan. Päästän nyt Arin kertomaan, mikä häntä liikuttaa - ja minne."

Tea Aula
Aikuistenosastonjohtaja, Kankaanpään kaupunginkirjasto
Kankaanpään kaupunki

Sisällysluettelo

VAELTAJAN TARINAT

Tämä kirja sisältää tarinoita vaeltajan matkasta, oppaista, koettelemuksista matkan varrella ja kotiinpaluusta Joelle. Kymmenen tarinaa elämästä.

Et astu kahdesti samaan virtaan sanoi Herakleitos, muutoksen filosofi. – Virta muuttuu koko ajan, samoin muutut itse.

Hermes on Zeuksen poika kreikkalaisessa mytologiassa. Häntä on palvottu matkustajien, paimenten, kirjallisuuden, runoilijoitten, urheilijoitten, kauppiaitten ja varkaiden suojelijana sekä jumalten viestin viejänä. Hermes on vaeltaja.

Vuosi 1958 Ari, vanhemmat Sinikka ja Arvo, uusi navetta ja pikku Mosse

Vaeltajan matka on eri jaksoista koostuvia elämäntarinoita. Nimeän kirjassani jaksot tarinoiksi. Alun perin elämänvaiheiden vertauskuvana on käytetty Sankarin matkaa, olen pitänyt kohdallani parempana Vaeltaja -nimikettä. Sankarin tuhannet kasvot -kirja on Joseph Campbellin tutkimus, se sisältää perustyypin, joka on kaikkien sankaritarinoiden pohjalla. Sankarin tarina esiintyy niin Mooseksen kuin myöhempien sankareitten kasvutarinoissa. Intiaaneilla oli omat aikuistumisen initiaatiot. Piti kävellä hiilillä, hypätä seipäällä käärmeitä kiehuvan rotkon yli. Näin heimo sai irokeesikuurien avulla pelottomia sotureita.

Meillä aikuisuuden sakramentti on ollut rippikoulu. Siitä on saanut naimisiinmenoluvan. Tietenkin armeijan käyminen vastaa intiaanisotureitten kehitysvaihetta. Sankarin tarina kuvaa lähtöä kotiympäristöstä. Vaikeuksia, jotka pitää voittaa. Mahdottomalta tuntuvia tehtäviä matkan varrella. Käyntiä ison veden takana ja kotiinpaluuta.

ENSIMMÄINEN TARINA

Ensimmäinen tarina kertoo lapsuudesta ja kotikylästä. Muistan lapsuuteni asioita ja tapahtumia 1950-luvun lopulta lähtien. Muistoihin liittyvät tuoksut ja värit.

Voimakas muisto on rantasaunasta, se oli väriltään mustunut. Saunassa oli pukuhuone ja löylyhuone. Nurkassa oli pönttökiuas. Olimme sisareni ja isäni kanssa vihtomassa. Ikää itselläni oli parikolme vuotta.

Toinen muisto on navetan rakentamisesta. Aika oli vuosi 1958. Vanha navetta piti purkaa uuden tieltä. Rakennusmiehet söivät eväitään asuintalon tuvan sinisellä puusohvalla. Sohva oli öisin sivusta levitettävä sänky.

Syväjärven Aatos oli äitini sisaren mies, Isojoen Suojoelta kotoisin. Taitava kirvesmies. Miehet söivät, ruokana oli Aatoksella keitettyjä munia, perunoita, savusilakkaa ja voileipiä. Savusilakan nimi oli pislinki. Muistan näiden ruokien tuoksut. Keitetyt munat tuoksuivat, koska ne olivat kanalassa kasvatettuja.

Pihassa oli kuorma-autoja. Ne toivat soraa ja rakennustarvikkeita. Kuorma-auton alla leikkiminen oli vaarallista. Sain tuosta sapiskaa. Ojalan Alpolla oli Volvo. Se oli teliperällinen kuorma-auto. Sitä oli norra poikki ja auto kulki vinottain kuin vanha koira. Sen hytti oli tumman punainen. Tuon auton alustan muistan vieläkin ja paripyörät. Tyhjänä teliakseli nostettiin ylös.

Kun ikää tuli lisää niin reviiri laajeni. Jossain viiden vuoden ikäisenä kävin kauppareissulla. Olimme ystäviä kaupanpojan Juha-Matin kanssa. Hänen isänsä Esa piti Osuuskauppaa Sinikka äidin kanssa. Perheellä oli televisio ja kylän mukulat istuivat heillä iltaisin tuijottamassa Bonanzaa ja Rin-Tin-Tiniä. Kauppiaspari muutti vuonna 1962 Noormarkkuun. Ehdimme käydä Juha-Matin kanssa Vatajan kansakoulua yhden vuoden.

Äidin kanssa käytiin Kankaanpään torilla. Sieltä sain ensimmäiset tummansiniset housut 5-vuotiaana. Siniset housut oli miesten housut. Olin nähnyt sellaiset äidin enon, isojokisen Löytökorven Ilmarin jalassa, kun hän poikkesi kylässä. Palatessaan Kankaanpään toripäiviltä tuliaisineen.

Lapsuuden aikaa olivat kansakoulu Vatajan kylässä ja oppikoulun alaluokat Honkajoen kirkolla. Siinä oppikoulun lopulla oli rippikoulu, kirkkoherra Toivo Mäenpää oli opettajana. Sieltä sai naimisiinmeno luvan.

Kotona tehtiin töitä. Maatila ei nukkunut koskaan. Emakot porsivat yöllä. Vielä keskikoulun alaluokkien aikaan meillä oli iso karja ja viljelykset. Maaseudulla tapahtui monenlaisia muutoksia kotipiirin tasolla ja kansakunnan mittakaavassa.

Meillä oli renki, Sulo Salminen. Hän oli kylältä, naapurista kotoisin. Sulo teki suuresti tilan työt, kun vanhemmat sairastelivat. Sulo ajeli Helkama Minillä, hän sai palkkaa kolme markkaa päivässä ja ylöspidon. Ruuan ja vaatteet. Hänen äitinsä Lilja kävi lypsämässä lehmiä. Navetta pestiin keväisin, Lilja oli siinä apuna. Isänsä Martti oli sekatyömies. Vapaa-aikana teimme Sulon kanssa suuria seikkailuita. Kävimme metsällä ja kalassa Kodesjärvellä. Ja etsimässä asekätköjä talojen navetanvinteiltä. Olen kirjoittanut näistä sankariteoista aiemmassa kirjassani. Ari Honkajoen mies Vatajan kylästä vuodelta.

Vatajan kylä oli elävä ja omavarainen talouskylä. Kylässä asui monen tyyppisiä ihmisiä. Sodan jälkeen tuli siirtolaisia. Heitä asettui asumaan Vatajan kylään ja Ristilän perälle. Kylässä asui romaniperheitä, värikkäitä ihmisiä luonteeltaan. Vatajan kylän miehistä kirjoitin kirjan aiemmin. Kuvasin siinä erilaisia väestöryhmiä. Ja ruokia.

Vatajan kylä eli nousukauttaan 1970-luvulle asti, kunnes se alkoi hiipua. Viereinen pitäjä Kankaanpää kasvoi, sinne tuli lisää tehtaita ja palveluita. Kouluolot olivat hyvät. Itse siirryin Kankaanpään lyseoon. Lyseo on liki satavuotias. Paikkakunnalle rakentui meille uusi talo Myllymäkeen.

Lapsuuden perhe kotitalon edessä. Atte, Marja-Liisa, Irma, äiti, isä, minä, sisko ja Kenko, polkupyörä

Sielunmaisema

Sielunmaisema on sellainen sisäinen kuva itsestä ja ympäristöstä, joka ohjaa tekemisiä ja valintoja. Sielunmaisema kehittyy varhain, ilmeisesti jo ennen kouluikää. Siihen piirtyvät tärkeät asiat, arvot ja asenteet. Sielun maisema on näkemykseni mukaan sama kuin Oma minä. Lapsuuden kuvat, tunnelmat, tuoksut ja muodot ovat voimakkaita. Jokin muoto ja väriyhdistelmä on ylitse muiden. Se on kuin alla oleva 1964 mallin punainen Mustang. Kotitalon malli, piha puut ja pensaat ovat ne oikeat.

Työn malli asettuu mieleen varhain. Oletan, että suuri osa oppimisesta rakentuu lähihenkilöiden mallista oppimisen kautta. Jotain tärkeää matkimalla. Sillä tavoin eläimet oppivat. Onko työ työtä vai onko työ taidetta, ratkaisee suhteen siihen, miten elätämme itseämme ja lähiomaisia.

Sielun maiseman rakentumiseen vaikuttaa matkaopas. Hän on läheinen henkilö, jonka saamme rinnalle. Yksi opas on kulkenut läpi elämän, siitä kerron myöhemmin. Hieman kuin shamaanien tarinoissa. Useammalta henkilöltä voi saada viitteitä, jotka itse koen omakseni ja sisällytän matkareppuun. Sielunystävän, soul maten tapaa joskus. Hänet tunnistaa välittömästi. Puoliso on hyvä sielunsisar, jos on onnistunut saamaan.

Jo ennen kansakoulua aloin harrastaa auton kuvien keräämistä sanomalehdistä ja kuvalehdistä. Kahvipaketeissa oli pahvisia autokortteja 1950 ja 1960 luvuilla. Pauligia ja Johannaa myytiin pienissä kahvipaketeissa, yleensä kahvi jauhettiin kaupoissa. Kauppapuotin seinällä oli kahvimylly. Kortteja kerääntyi ylimääräisiä ja vaihtureita vaihdeltiin kavereitten kanssa.

Ford Mustang 1964, Vaeltajan sielunmaisemassa elämän ajan

Vatajan kylässä oli hyvä piirtäjä, hieman minua vanhempi poika, Juhani Välimaa. Hän asui isovanhempiensa kanssa ja kävi Vatajan kansakoulua. Juhanin kanssa vertailimme keräämiämme auton kuvia. Kuvat liimattiin vanhoihin kouluvihkoihin keitetyllä perunalla. Joskus lipsahti sisaren uudempikin kouluvihko kuvien alustaksi. Autoja oli lukuisia erilaisia.

Tähän saakka sielunmaisemani on kantanut yhtä. Se on 1964 mallin Ford Mustang, kirkkaan punaisena. Spede Pasasella oli sellainen auto. Sen rekisteri on ASU-1.

Lapsuuden elinpiiri

Lapsuuteni elinpiiri oli innostava. Muistissani on uuden navetan rakennustyö vuonna 1958. Olin silloin 3-vuotias. Vanhan saunankin muistan, se oli joenpuolella, siinä oli luukullinen kertalämmitteinen pönttökiuas.

Navetan edeltäjä, vanha navetta oli L-kirjaimen muotoinen. Kulmakohdassa oli ulkohuussi. Rappuset kiivettiin ylös. Navetta oli purettava ja rakennettava uusi tilalle siinä ajassa, jonka lehmät olivat kesällä ulkona. Talli rakennettiin kahdelle hevoselle. Toisen hevosen nimi oli Jalo. Siitä luovuttiin 1950 luvun loppupuolella.

Veikko Vennamoon oli sellainen suhde, että istuin harmaan Fergusonin peräkärryllä, kun 1958 tuotiin viljasäkkejä isäni kanssa Koukunkylän suunnasta Vatajan kylään. Suomen Pientalonpoikain puoluetta oltiin perustamassa. Puolueen perustamisrahoitus toteutettiin viljasäkkien avulla.

Noihin aikoihin olin haaveilija, elin haaveissani. Isäni antoi minulle arvioivan nimen, -Taivaanrannan maalari. Istuin kivellä, perunakellarin vintillä tai puussa ja haaveilin. Haistelin ilmoja. Osa oli sitä, että menin pakoon isäni kiukkua, välillä pyhää vihaa kuin Vaahteramäen Eemeli. Eemelillä oli verstashuone. Minulla oli perunakellarin vintti maantien vieressä.

Toisinaan navetanvintin yläikkunan kehystetty kolo oli pakopaikka maallisista murheista. Mailla löytyi paikkoja, joihin saattoi piiloutua, vaikka miten pitkäksi aikaa, kunnes isäni kiukku oli laantunut. Kerran menin piiloon liiterin nurkalle, kun äiti huuteli minua. Olin piilossa puuliiterin nurkalla pystyyn koottujen ikkunoitten alla. Tällä kertaa hän olisi ottanut minut kauppareissulle. Tämä menetys harmitti. Opin kuuntelemaan tarkemmin. Työ vai huvi, kumpi oli äänensävy.

Isä Arvo, tädit Tuovi, Toini, Helena, isovanhemmat Olga, Artturi ja koira Jeppe

Pitkärannan talo on seissyt Antilan kylässä Honkajoella 1900-luvun alkupuolelta lähtien Pohjanmaantien ja Karvianjoen varrella. Ja seisoo edelleen. Isoisä Artur Stenbacka muutti Isojoen kirkolta vuosisadan alussa Antilan kylään Ristakosken tilalle rengiksi. Stenbackan talo sijaitsi nykyisen Isojoen sahan paikalla. Isoisän lapsuuden perheessä oli neljätoista lasta, hänen isänsä oli kahdesti naimisissa.

Stenbackan talo Isojoella, kirkkoa vastapäätä. Kuvan lahjoitti Erkki Syväoja.

Vatajan kylää ei tuolloin, isoisän tullessa 1900-luvun alkupuolella vielä ollut muodostunut. Vatajan kylä rakentui omaksi yhteisöksi toimintojen myötä. Useat kylät muodostuivat maahamme Isojaon perusteella 1700-

luvulla. Vatajan tavoin muodostunutta kylää kutsutaan talouskyläksi. Sinne rakentui vuosisadan alun jälkeen monenlaisia toimintoja. Merkittävin uusi Vatajan kylän toimija oli Haapakoskeen rakennettu sähkötehdas. Kosken nimi muuttui myöhemmin Vatajankoskeksi.

Varhaisemman sähkölaitoksen isoisäni rakensi Sikakoskeen insinööri Palanderin kanssa. Sen jäät veivät ja isoisä koki murheen yhdessä viinakorttelin kanssa. Kylässä toimivat lisäksi saha, mylly, kauppa, koulu, posti, pankki ja sepän paja. Monet kylän asukkaat olivat taitavia ammattimiehiä, kuten Akkasen Simo. Hän oli kyläseppä ja teki traktorin omin käsin. Maataloustöitä tehtiin yhteisön talkoilla.

Ristakosken talossa oli kolme tytärtä. Isoisäni avioitui Iida Marian kanssa. Aluksi nuoripari muutti asumaan Pitkärannan torppaan. Se sijaitsi Sikakosken ahteen alla, ahdetta kutsuttiin myös Pitkärannan ahteeksi. Sikakoskessa on kaksi vesiväylää ja saari niitten välissä. Talomme edessä kulki Pojanmaantie. Sitä pitkin pääsi pohjoisen suunnassa pitäjän kirkolle ja etelän suunnassa Kankaanpään keskustaan. Maantien vieressä oli jokirannan viljavainiot. Talon peltoja oli joen puolella. Karvianjoki virtaa kylän halki.

Isovanhemmat

Isoäitini Olga Emilia Holma asui nuorena Karvianjoen toisella puolella, vastapäätä Pitkärannan taloa. Hän tuli emännäksi taloon. Isoisä oli menettänyt toisenkin puolisonsa Amandan. Liitosta oli jäänyt lapsia, Tyyne ja Irma. Noihin aikoihin miehen oli vaikea tehdä talon töitä ja hoitaa lapsia yksin. Emäntä oli tervetullut. Isoäidillä oli viisivuotias poika. Hän oli seurustellut kankaanpääläisen talon pojan kanssa, mutta vanhemmat eivät päästäneet heitä naimisiin. Isoäiti ei ollut riittävän vauraasta talosta heidän pojalleen. Nuoren pojan kotitalo oli noin 60 hehtaaria. Ja tämän vuoksi Atte syntyi isättömänä.

Isoäiti Olga Emilia os. Holma ja minä 1960-luvun alussa

Isoisä Artur Simeon Stenbacka, 1900-luvun alussa hän muutti sukunimekseen Pitkäranta. Pitkärannan torpan mukaan. Alkuperäinen etunimi Artur muuttui Artturiksi

Lapsuus

Lapsuudessa perheet olivat suurempia kuin nykyisin. Noihin aikoihin isäni sisar Ilma asui pitkään kotona, hänellä oli tytär Marja-Liisa, joka kävi kansakoulua Vatajan kylässä. Marja-Liisan isä, herra Kallio oli karannut häitten jälkeen. Hän vei menneessään häälahjarahat. Samoin juomien myynnistä syntyneen kassan. Kallio katosi. Hän löytyi kuoltuaan tyttärelleen. Viranomaiset ottivat yhteyttä pesänselvityksen vuoksi. Marja-Liisa lienee ollut tuolloin päälle viiden kymmenen. Kuvassa on Atte, isoäitini Olgan poika. Hän oli viiden vanha, kun äitinsä tuli taloon emännäksi.

Atte setä, Marja-Liisa, Irma täti, Sinikka, Arvo, Ari, Anitta ja Kenko pyörä

Atte oli meille lapsille läheinen. Kotona sanottiin aina, että Atte menee Keuruulle. Siihen aikaan tehtiin maantie- ja rautatietöitä. Nukuimme siskon kanssa lattialla Atten molemmin puolin mummon kamarissa. Attella oli kullan värinen rannekello, nahkarannekkeella. Siinä oli valaisevat viisarit. Kello oli 21-kivinen Atlantic. Atte muistutti olemukseltaan Tapio Rautavaaraa. Hänkin oli reissumies.

Ari antaa lehmille koivunlehtiä Anitta vieressä

Talomme Vatajan kylässä oli kaksitupainen pohjalaistalo. Tupien välissä oli makuukammari. Lämmin eteinen yhdisti tuvat. Talossa oli lasikuisti, sen molemmin puolin oli humalia. Humalan viljelyyn oli vanha Ruotsin kuninkaan määräys. Näin kertoi koulukaverini, Honkajoen sahtimestari Esa Kivioja. Sotaväelle tehtiin olutta ja se saatiin maultaan tasaiseksi humalan avulla. Talossamme oli tehty aina sahtia omiin tarpeisiin Jouluna, Pääsiäisenä, Juhannuksena, häihin, hautajaisiin, ristiäisiin ja aina siinä välissä. Humala ja kataja toimivat mausteina.

Talon pihapiirissä oli navetta, vilja-aitta, perunakellari, vaja ja puuliiteri. pihan takana oli riihi. Siinä vilja oli aikanaan kuivattu kuhilailla ja puitu kepakoilla. Sen vieressä oli vielä suuli, työvälineiden säilyttämiseksi. Osa rakennuksista purettiin ja uusi navetta rakennettiin vuonna 1958. Olin kolmivuotias.

Tien toisella, jokirannan puolella oli sauna. Se oli tumma sisältä. Siinä oli luukullinen, kertalämmitteinen kiuas. Muistan saunomisen isän ja siskon kanssa. Saunavesi tuotiin joesta. Myöhemmin saunan paikka siirtyi uuden navettarakennuksen päähän karjakeittiön viereen. Saunavedet lämpisivät karjakeittiön padassa.

Toini-täti ja Niilo Haapalahti. Jawa moottoripyörä

Isäni nuorempi sisar Toini avioitui Ouluun Niilo Haapalahden kanssa 1950 luvulla. Toini oli käynyt suurtalouden emäntäkoulun. Hurjinta oli, kun he tulivat moottoripyörällä Jouluksi Oulusta Vatajan kylään moottoripyörällä. Seuraus näistä pyöräilyistä lienee ollut sairastuminen nivelreumaan nuorena. Niilon veli Väinö oli Toinin sisaren Irman puoliso. Hekin asuivat Oulun lähellä Pateniemessä. Punaisessa tuvassa.

Väinö oli oululaisen tukkuliike Kastarin edustaja ja kävi meillä useasti vuodessa. Hän toi tullessaan lelut, tummaa suklaata ja Nordforsin pöytäviinipullon. Minulle Väinö toi leluautoja, siskolle nuket. Väinö yöpyi meillä, kun hän kävi tapaamassa asiakkaitaan. Usein hän toi päivän päätteeksi pari kiloa silakoita.

Minä, Anitta ja Haapalahden Väinön Renault 4CV

Isällä oli sisaria Helena, Toini, Tuovi, Atte, Tyyne ja Irma. Tyyne oli minulle läheinen koska hän asui kotikylässä. Autot olivat tärkeitä kulisseja valokuvalle. Tuossa olen siskon kanssa. Ikää itselläni on 2 vuotta, takana Renault 4CV, lempinimeltään ryppyperse. Auton omisti Väinö Haapalahti, isäni sisaren Irman puoliso.

Väinöllä oli pieniä autoja itsellään. Pääasiassa Fiiatteja. Työautonaan hänellä oli isoja Mersun pakettiautoja. Jossain vaiheessa Väinö sai

kultaisen merkin Mersun tehtailta. Merkillä tuli miljoona kilometriä
täyteen.

Naapureita
Naapurusto oli hyvin tiivis kyläyhteisö. Meitä lähinnä asuivat Lehtoset,
Varikset ja Perkiömäet. Kaikissa perheissä oli lapsia. Alla olevassa
kuvassa on perkiömäen Ulla, Jarmo veli oli luokallani. Tuominiemessä
asui Västilän perhe, välillä talossa vieraili sukulaisten lapsia. Västilän
Ailin ja Nikolain tykönä käytiin kylässä ja saunomassa. Vanha puutalo
oli komea. Nikolain kuoltua jokirantaan rakentui uusi matalampi talo
Jormalle ja Mirjalle.

Naapurit Yrjö, Ulla ja Vilho Perkiömäki

Kuvassa Kerttu Perkiömäki, pyhäkouluni opettaja, Pirjo Vataja ja hänen mummonsa.

Tuominiemeen ajettiin tuomikujan läpi. Aili ja Nikolai isännöivät taloa. Vieressä oli Salmisen perhe ja Kiiskit, Eetu ja Lyydi. Osmo oli samalla luokalla. Talojen välissä asuivat mäellä Grönforsin Sievä ja Vihtori. Kalliomäet vieressä ja Grönforsin Ville ja Hilja asuivat mäellä, Pertin ja Kalevin muistan lapsuudesta. Alapuolella, jokirannan puolella asui Mäntysen Kerttu. Niemisten hoitama Osuuskauppa oli sillan korvassa, sen vieressä Välimaat, Eero ja Anja. Rajamäet asuivat notkelman toiselle puolen. Heistä eteenpäin oli vanhan Iltasen talo, vieressä Vataja ja

Akkanen. Toisella puolen tietä asui Käkelät. Takana Paloviidat, vieressä Iltaset. Kujansuut asuivat tien vieressä, takana Seppälät ja Vatajan talo. Se takana asui mylläri Eemeli ja Lyydi. Seuravaksi olikin Kankaanpään raja.

Toisella puolen jokea asui sillan kupeessa Wasset. Eino, nuorempi Elli ja vanhempi Ellen. Hänen miehensä Kaarle kuoli 1950-luvulla, Ellen eli sen jälkeen vielä 30 vuotta. Risteyksessä oli Rantamaa. Koukunkylään päin asuivat Tolpat eli Rantalat, Martti ja Oiva. Vieressä Haapaset. Asukkaan tiellä asuivat Rothit, Grönstrandit, Mäntysen Lahja, Järvelät ja Haapaset. Tauno ja Lauri olivat veljeksiä. Mäkikylässä Erkkilän tien varrella asui Laineen Viljo, hänellä oli taksi. Vieressä Välimaan, Aaltosen ja Päivönsalon talot.

Hieman kauempana olivat Västilän Franssin, Närvän Katrin ja Västilän Tyynen talot. Meitä vastapäätä olivat Vanha Päivönsalo, Kanervan Sofia, myöhemmin Haapalehto, Vakkamaat ja Syväojan talo. Toinen Syväoja oli notkelman toisella puolella, sen koulupiiri rajasi Vatajan kylään. Taloa kutsuttiin Yliojaksi. Koska tietä mentiin luoman yli.

Vatajan kansakoulu

Kansakouluaika oli elämän mukavinta aikaa. Koulua käytiin tuolloin lauantaisin. Lauantai oli koulussa puuropäivä. Mieleeni jäi ruispuolukkapuuro. Se sekaan laitettiin maitopullosta maitoa. Koulupäivät päättyivät ruokatuntiin. Monelle lapselle se oli päivän ainoa lämmin ruoka. Vatajan kansakoulun vaiheista kertoo Irja Uusikallio yliopiston Gradussaan.

"Palkkiona on oleva köyhän lapsen kasvoissa kiitollinen loiste, minkä höyryävän kupin ilmestyminen lapsen eteen pulpetille tuottaa – Honkajoen Vatajan kansakoulu aterioinnin muistin paikkana1930-1970-luvuilla, Uusikallio Irja, 2016."

Vatajan kylän kansakoulu Honkajoki. Koulurakennus valmistui 1947.
Koulu lakkautettiin 1970 luvun alussa.

Kotiinpaluuni koulusta kesti pitkään, koska piti poiketa maistamassa naapureitten leivonnaisia. Lauantai oli mailla leipomispäivä. Talvella pääsi kotiin kumpaakin puolta jokea. Kun mentiin toista puolta jokea, seurassani olivat Olli ja Tuula Syväoja. He jäivät katsomaan, pääsinkö joen yli. Keväisin vesi nousi jäälle rannoilta ja jää oli haurasta. Yli pääsin.

Vatajan kylän kansakoulukuva 1964, seison vasemmalla toisena.
Edessäni on Keijo Varis. Opettaja oli Aune Miikkulainen. Itse olen 2.
alaluokalla. Kuva on alakoulun oppilaista. Tunnistan heistä monet.

Minulla oli kissa, harmaankirjava Mirri. Sen toi naapurista Syväojan
Tuija lahjaksi. Mirri oli valtava kolli. Mirri nukkui selällään ja kuorsasi.
Yleensä Mirri tuli minua koulusta vastaan. Sillä oli laaja reviiri. Kerran
Mirri oli jäänyt auton alle. Löysin sen jäisenä maantien penkalta koulusta
palatessani. Vein sen kotiin sulamaan navettakeittiön padan eteen. Olin
varma, että mirrillä oli kahdeksan henkeä jäljellä. Uskoni romahti
kansanviisauksiin.

Elämäni palasi uomilleen, koska talossa oli Tessu koira. Sekin tuli vastaan koulusta tullessani ja saatteli koulumatkalle. Kesät nukuttiin Tessun kanssa vintillä, kuistin päällä kesähuoneessa. Muutoin Tessu nukkui kainalossani mummon kammarissa.

Lapsuuden leikit

Naapureissa oli paljon lapsia. Oli vanhempia ja samanikäisiä, joiden kanssa leikittiin. Oli mukava tehdä jotain, kun toisella oli joku erityinen taito. Seppälän Pekka osasi tehdä jousipyssyyn parhaat nuolet. Nuolen päässä oli raskas kärkiosa ja nuolen toisessa päässä oli siivekkeet. Jousipyssyn kaari oli katajaa. Pekka oli ainakin viisi vuotta minua vanhempi.

Leikkiä oli kesäisin käydä linnunpesillä. Lehtosen pojat olivat kovia kiipeilemään puissa. Simo oli nuorempi poika ja ketterä. Hän kiipesi oksattomaan mäntyyn silppuamalla.

Keväällä jäät lähtivät Karvianjoesta. Sikakoski teki padon, toinen pato syntyi Vatajankosken sillan ja voimalaitoksen patojen eteen. Tämä tilanne nosti veden rantapelloille asti. Joskus aivan maantielle. Tuolloin oli mukava seilata jäälautoilla keksien kanssa. Lehtosen pojat kunnostautuivat tässä lajissa. Yleensä he selvisivät jäälautoilta kuivin jaloin maalle. Äidin helmoihin. Olimme kansakouluikäisiä. Minä koin kärsimyksiä lasikuistilla, kun olin sikarokossa enkä päässyt osallistumaan tulvakevään sankaritekoihin. Kaivelin morapuukolla aikani kuluksi varpaan kynsiä ja isonvarpaan kynsi lohkesi.

Olen kertonut aiemmissa kirjoissani naapurin poikien tarinoita. Suosittuja olivat he, joilla oli jonkinlainen pyssy. Kiiskin Osmolla oli sivusta ladattava Heinel ilmakivääri. Sillä ammuskeltiin pahviseen maalitauluun. Lintujen, oravien, saati tyhjien lasipullojen ammuskelu oli kielletty. Todellisuudessa nämä leikit olivat erittäin vaarallisia.

Maatalousyhteiskunta

Meillä oli kaksi hevosta, toisen nimi oli Jalo. Hevonen oli maaseudun työjuhtana 1950-luvun loppuun. Maatalous koneistui 1960-luvun alusta lähtien.

Teollistuminen kiihtyi yhteiskunnassa 1960-luvun alusta. Maaseudulla vapautui työväestöä koneistumisen seurauksena ja Neuvostoliittoon vietiin kenkä- ja vaateteollisuuden tuotteita. Kenkiä ja vaatteita tuotettiin Kankaanpäässä. Asutuskeskukset kasvoivat ja maaseutu menetti asukkaita. Perheet rakensivat omakotitaloja keskuksiin lähemmäksi työtä ja palveluita.

Hevonen Jalo ja isäni Arvo 1950-luvulla

Suomessa alkoi autoistuminen 1960-luvulla. Valuuttasäännöstely suuntasi autohankintoja venäläisiin merkkeihin, koska niitä toimitettiin maahan vaihdantakaupan myötä. Ne olivat edullisia verrattuna länsiautoihin. Valuuttasäännöstely purettiin 1980-luvun lopulla.

Sisäinen ja ulkoinen muutto oli voimakasta 1950-luvulta lähtien. Ihmisiä muutti Ruotsiin liki puoli miljoonaa. Ruotsista tultiin lomalle useimmiten hyväkuntoisella Volvolla. Osa muuttajista meni töihin Volvon tehtaille Göteborgiin. Kotimaan sisäinen muutto tarkoitti samansuuruista väestön liikkumista kohti kasvukeskuksia.

Maaseudun tilanteesta puhuttiin talonpojan tappolinjana. Varsinkin Veikko Vennamo oli tämän teeman takana. Maataloudessa oli ylituotantoa. Maatalouden tuotteita vietiin ulkomaille valtion tuella. Oli voivuoria. Vennamo oli pääorganisoija, kun väestöä pakkosiirrettiin Neuvostoliiton valtaamilta alueilta kanta Suomeen. Siirtolaisia oli vajaa puoli miljoonaa.

Suomessa oli suuria yhteiskunnallisia muutoksia 1950 ja 1960 luvuilla. Nämä muutokset vaikuttivat maaseudun ihmisiin. Koulutus oli nuorille ihmisille väylä kulkea toisenlaiseen yhteiskunnalliseen maailmaan. Tämä väylä oli itsellä ja sisarellani käytössä. Anitta sisko kävi Honkajoen oppikoulun loppuun saakka ja pääsi ylioppilaaksi vuonna 1971. Olimme tuolloin muuttaneet Kankaanpäähän.

Kankaanpäähän muuttamista ajateltiin koko 1960 luku, syynä oli mainitut yhteiskunnalliset muutokset ja niitten lisäksi vanhempieni sairastelu koko vuosikymmenen. Muutto edellytti parin vuoden metsätöitä, tukkien kaatoa. Paloviidan Kauko toteutti metsähakkuut. Tukit sahattiin Hongon sahalla Honkajoella. Olin lautapoikana. Laudat tapuloitiin kotona ja ne saivat kuivua vuoden verran. Metsästä hankittiin rahaa myös rakentamiseen. Talo valmistui Kankaanpään Myllymäkeen 1970 jouluksi.

Kauko Paloviita

Ilonpito

Vaeltajalla oli mukavia vuosia 1960-luvun lopulla. Pääsin Helsinkiin käymään monesti isäni ja kummisetäni mukana. Helsinki oli uusi maailma. Siellä saattoi mennä Linnanmäelle ja sai ostaa kivijalkamyymälästä Kalliosta Danny show'n t-paidan. Paidassa oli painettuna Iso D, Anki Lindqvist ja Eero Raittinen. Vanha Holvikirkko

-kappale oli huudossa. Kuljeksin Helsingissä päiväkausia, eksyin välillä. Kallion kirkko toimi maamerkkinä.

Tanssilavat kutsuivat nuorisoa. Isojoella oli Kuplahalli, Niinisalossa Mölkkärin paviljonki ja Honkajoella Saukonniemi. Mölkkärillä ja Isojoen kuplahallilla oli nimekkäitä esiintyjiä. Elettiin soulin nousuaikaa. Danny show't olivat uutta kansalle. Kirka, Pepe Willberg ja Reijo Taipale vetivät yleisöä lavoille.

Isojoen Kuplahalli

Tanssilavoille vaelsin liftillä Vatajan kylästä neljä- ja viisitoistavuotiaana. Isojoen Kuplahallille lähtö piti suunnitella lauantaina hyvissä ajoin. Matkaa oli kymmeniä kilometrejä. Perille ja tanssihalliin piti päästä ilman maksua, aidan yli. Vatajasta piti lähteä kahden kieppeillä, jos mieli olla perillä ennen viittä. Silloin tulivat järjestysmiehet. Kuplahalli oli isossa montussa ja vastapuolelle oli hyvä näkyvyys. Korkean panssariaidan yli hyppääminen vaati osaamista puku päällä.

Tunnin verran piti piileskellä poissa järjestysmiesten näköpiiristä. Kello kuuden aikoihin alkoi tanssit. Illan aikana piti olla silmät avoinna. Takaisinpaluu kyyti piti löytää jostakin. Aina löytyi, yhden kerran liftattiin linja-autoon. Se oli tilausajo. Kymmenisen kilometriä jouduttiin kulkemaan Syväojan Ollin kanssa jalan. Paluu kesti kauan. Emännät olivat jo pellolla lypsämässä lehmiä. Piti keksiä syy, miksi olimme puku päällä liikenteessä siihen aikaan.

Mölkkärin paviljongilla käynti oli kuin olisi käväissyt takapihalla. Sinne piti varata samalla tavoin hieman aikaa, kun oli mentävä piikkilanka-aidan yli. Aidan yli piti kiivetä siten, etteivät järjestysmiehet huomanneet. Ei saanut repiä vaatteita piikkilankaan. Ensin heitin puvun takin, ja sitten menin itse perässä. Kun olin aidan sisäpuolella, murheet vähenivät. Vähät rahat piti käyttää muuhun kuin lipunmaksuun ja matkustukseen.

Mölkkärillä oli Danny-show. Moottoripyörät ja savu loivat menon tunnetta. Lattialla tanssi hämy. Hän oli hiljainen mukava tyttö, joka tykkäsi kuluttaa lattialla aikaansa. Hänellä oli pitkä maksitakki, pitkät hiukset ja hämyilevä ilme. Joskus hain tanssimaan. Juteltiin, hän oli tekstiilialan ammattiin opiskeleva neito. Hänen hämyisyytensä oli hiljaista puhetta. Siihen aikaan pojilla oli pitkät hiukset, joillain puoliselkään. Itsellä oli olkapäille ulottuvat kiharat. Äitini kutoma pitkä leijonanruskea villatakki päällä.

Niinisalon Juhannus

Niinisalon juhannusjuhla oli iso tapahtuma. Juhliin piti mennä liftillä Vatajasta. Juhla alueelle piti livahtaa pummilla järjestysmiesten huomaamatta. Jossain kohtaa oli vartiossa sotakoira. Senkin sivuutin vaatteet ehjänä. Koiralle heitin makkaranpaloja.

Niinisalon Juhannuksessa esiintyi IsoD, Danny. Aika oli 1970. Danny esiintyi ulkopaikalla. Hänellä oli seuranaan lavan vieressä Musta Mersu 250S. Se oli varustettu radiopuhelimella. Kuuleman mukaan auto oli hänen isoäitinsä. Danny on ollut uskollinen merkille, hän on edelleen Mersu-Mies.

Dannya ihailimme Maarit Mantilan kanssa esiintymislavan reunalla rinnakkain. Melkein kätemme hipovat toisiaan, kunnes Merja Hilden tuli väliimme. Myöhemmin Maarit oli kihlautunut Leo Hietaojan kanssa. Leo kuoli nuorena. Hän oli uhonnut kaksintaistelua kanssani, koska seurustelin hänen aiemman tyttöystävänsä Merja Hildenin kanssa. Juhani Mäenpää, kirkkoherran poika meni naimisiin Merjan kanssa.

Ennen seurustelun aloittamista Juhani kysyi minulta herrasmiehenä Honkajoen Vanhassa Honkalassa, onko Merja vapaa. Totesin, että minun puolestani on. Juhani opiskeli lääkäriksi ja eteni professoriksi. Tapasin Juhanin kerran Turun yliopistollisessa keskussairaalassa, entinen puolisoni Helena oli siellä töissä. He olivat työkavereita. Juhanin isä, opettajani Toivo Mäenpää oli lukumiehiä. Hän väitteli eläkkeellä ollessaan teologian tohtoriksi.

Vanha Pohjanlinna

Vanha Pohjanlinna oli suosittu tanssipaikka talviaikana. Se sijaitsi keskustassa, torin ja urheilupuiston välissä. Tanssisali oli toisessa kerroksessa. Vaati harrastuneisuutta mennä raput ylös ja selvitä maksamatta yläkertaan. Lipunmyynti oli tasanteella kerrosten välissä. Siinä piti järjestää pieni hässäkkä. Mellakan aikana muutama henkilö pääsi livahtamaan tanssisaliin maksutta.

Leiman sai käteen, kun pyysi aiemmin maksanutta kostuttamaan kämmenselkää ja painoi kahta vastakkain. Tämä oli yleinen temppu fosforileiman aikana. Vanhan Pohjanlinnan rakennus paloi 1970 luvun taitteessa ja sen huvitoiminta siirtyi Nuorisoseuran talolle kirkkoa vastapäätä. Pohjanlinnan esiintyjistä Pasi Kaunisto sekä Jouko ja Kosti jäivät mieleen.

Oppikoulu

Honkajoen oppikouluun mentiin pääsykokeitten kautta 1960-luvulla. Suomen kielen koe tarkoitti ainekirjoitusta. Olin siinä sen verran hyvä, että pääsin sisään, minut kelpuutettiin opin tielle. Kirjoitin aineen talkootansseista Vatajan kylässä, Syväojan Yrjön tilalla. Lopussa mainitsin, että kylän syntyvyys nousi merkittävästi seuraavana keväänä. Riskinotto kannatti. Mirjalla oli huumorintajua. Aineita oli kaksi samoin matematiikan kokeita. Opettajat Mirja Räihä ja Yrjö Kurt järjestivät pääsykokeet.

Luokkakuva 3. luokka Honkajoen yhteiskoulu 1968

Kouluun oli matkaa seitsemän kilometriä ja väli kuljettiin polkupyörällä, milloin ilmat suosivat. Oppikouluaikana oli kotona askareita. Ruokin lehmiä, sikoja ja vasikoita. Yleensä talvella jäätyivät vesijohdot ja karjan juomavesi oli haettava joesta iltaisin. Juomavesi haettiin siskon kanssa tonkilla ja kärryillä Lehtosen Väinön avannosta, Sikakosken alapuolelta.

Tonkkien kanssa kiipesimme jyrkkää joenpenkerettä. Oma ranta olisi ollut loiva ja helpompi. Veden tuonti tehtiin vaikeammin, koska vesijohdon jäätyminen talvella oli häpeällistä. Mailla vallitsi häpeän kulttuuri lähes joka asiassa. Häpeää vastaan ei voi taistella. Mailla seurattiin kaikessa näkemystä; - Mitä siitä ihmisetkin sanoo.

Vesijohto jäätyi koska pihan läpi ajettiin metsätraktoreilla naapureitten puukuljetuksia. Sellaiset asiat aiheuttivat häpeää, jotka eivät toimineet. Talossa oli puulämmitys, puuhella ja pönttöuunit kammareissa. Polttopuut toin illalla kuivumaan. Lumityöt tein talvisin kolalla. Myöhemmin hankittiin UPO´n öljylämmitin. Se haisi ja reistaili. Pisara öljyä lattialle tai lämmittimen päälle sai koko huoneen haisemaan. Polttoöljy oli halpaa, seitsemän penniä litralta. Se tarkoittaan yksi sentti.

Äitini kanssa keksittiin liikeidea. Myin joulukortteja kahtena vuotena Honkajoen ja lähialueitten kylissä loppuvuodesta koulun jälkeen iltaisin. Polkupyörällä matkaan. Pisin retki oli pimeällä ja lumisateessa kiertää Santaskylän kautta. Matkaa taisi kertyä likemmäs neljäkymmentä kilometriä. Tuntui ettei tie lopu koskaan. Hyvin kauppa kävi.

Keskikouluaikana olin neljä kesää renkinä sukulaisissa. Kaksi kesää Siikaisissa Tyyne tädillä ja kaksi kesää Nevalan Juhani serkulla Katkonkylässä. Lukion alkaessa oli ikää jo niin paljon, että saatoin mennä valtion tietyömaille.

Vatajan kylän pääsiäinen

Pääsiäinen oli vuonna 1968 lähellä vappua. Oli lämmintä ja lumet olivat sulaneet. Nuoret kokoontuivat sillan pieleen kiirastorstai-iltana. Näitä oman kylän ja naapurin tulevia sankareita ja sankarittaria oli pari kolmekymmentä kokoontuneena ojanreunalla. Joukkoja johtivat Variksen Alpo ja Köllin Matti. Alpolla oli sininen Austin A40. Heillä oli mukanaan soittopelit, Toshiba kelanauhuri. Sinne oli nauhoitettu viimeisimmät hitit Eurovision laulukilpailusta. Rakkaus on sininen, Love is blue Euroviisu soi komeasti. Vicky Leandros L´amour est Bleu

1967, Luxemburg voitti Eurovision laulukilpailun. Paul Anka, You are my Destiny, Cliff Richard, Congratulations olivat huipulla.

Olin pukeutunut keväisesti. Jalassa oli oranssinväriset varsitennarit, Conversit. Sinapinkeltainen vakosamettitakki oli vakiovaruste, sen kanssa musta poolopaita. Suorat housut. Varustukseen kuului keskisininen Svan merkkinen polkupyörä. Siinä oli varustuksena vauhtikahvat. Tuolla oli takana jo kaksi vuotta oppikoulu matkailua.

Illan vanhentuessa eräs minulle tuntematon tyttö kysyi kyytiä kotiinpäin. Kello oli kymmenen. Hän oli tullut kyläilemään pääsiäiseksi sukulaisiin Kavoluoman kylälle. Tarjouduin välittömästi. Neitoa pitää auttaa hädässä. Miestenpyörän takahäkillä oli tilaa.

Ulkorakennuksen seinustalla juttelimme kahteen tai kolmeen yöllä. Oli täysikuu kuten pääsiäiseen kuuluu. Tyttö oli seitsemänkahdeksantoista. Minulla juuri kolmetoista vuotta kokemushistoriaa takana. Helsinkiläislähtöinen neito oli lähes yhden kyläläisen tyttöystävä. Mutta on anteeksiantamatonta lukiolaisikäiseltä jättää polkupyörä kotiin juhlapäivänä. Siitä ei hyvää seuraa.

Pääsiäisenä oli useita pyhiä ja tapaamiset jatkuivat neidon kanssa koko pääsiäisen. Kun pyhät olivat ohitse, jatkui normaali kouluaherrus. Seikkailuista kun kerroin välitunneilla, oli Sisujen tarjoaminen taattu. Kevään kouluaherrus tarkoitti sitä, että viimeiseen puoleentoista kuukauteen keväällä ei tehty yhtään mitään. Ehkä luontoretkiä koulun takamastoon. Katselemaan linnunpesintää ja ruohon kasvua. Muista Vatajan kylän nuorten ajanvietteistä olen kertonut aiemmin kirjassani - Vatajan kylän mies Ari Honkajoelta.

Kuvassa Juhani Nevala, minä ja Sinikka äiti. Maalattiin Nevalan
päärakennusta Katkonkylässä Honkajoella 1960-luvun lopulla.

*Maarit Mantila ja Ulla-Maija Kamppikoski Honkajoella lukiolaisia
1970-luvun alussa. Ylioppilaita vm 1972*

Maarit Mantila oli taitava ompelija. Suunnittelin tanssipaikkojen tarpeeseen mustan puvun, jonka Maarit toteutti. Pukukangas oli mustaa jerseytä, vuori oli viininpunainen. Siihen aikaan housujen lahkeet olivat leveitä, takapuoli tiukka ja takki pitkä, edessä oli lyhyt vetoketju. Pyöreä vetolenkki. Takissa oli paitakaulus. Hihansuissa oli pitkät kalvosimet, jotka levenivät. Rohkean tyylinen. Teetin myöhemmin vaatteita Kankaanpäässä. Naapurin Terttu oli Reimassa ompelijana.

Äitini meni Reimaan töihin. Isälläni oli vaikeuksia löytää työtä entisenä maanviljelijänä. Lisäksi hänen invaliditeettinsa oli luokiteltu 70 %.

Honkajoen oppikoulun opettajat 1960-luvun alkupuolella. Keskellä Vakkamaat, Aini ja Pentti. Vasemmalla Ossi Puura, Mirja Räihä ja Jouko Nurminen oikealla ylhäällä. Alhaalla Toini Päivönsalo.

Arja Kemppainen, luokkakaverini muisteli Honkajoen yhteiskoulun opettajia 1960-luvun lopulla seuraavasti. Ossi Puura ja Olvi Fahler matematiikka, Marja-Leena Viitanen ja Ritva Fahler Saksa, Toivo Mäenpää uskonto, Marjatta Ylinen musiikki, Ulla von Hertzen ja Leena Mäki ruotsi, Eeva-Maija Riihivainio o.s. Lindström liikunta, Sirkku Raivio englanti, Pentti Vakkamaa kuvaamataito, Aini Vakkamaa kotitalous. Tytöillä oli kotitaloutta, pojilla oli metallitöitä, opin hitsaamaan. Poikien käsityöt olivat kansalaiskoulun tiloissa. Hitsasin rappurallin. Poikien liikunnanopettaja oli Paavo Kahma, taitava monessa lajissa mutta erityisesti sulkapallossa. Voitin kerran. Paavo mittasi sulkapalloverkon virallisen korkeuden kävelemällä sen ali.

Kuvan opettajista muistan Ossi Puuran, Yrjö Kurtin, Toini Päivönsalon ja Mirja Räihän. Kuva on 1960 lopulta.

Oppikoulussa tuli uusia aineita Vaeltajaa vastaan. Kielet Ruotsi ja Saksa menettelivät. Englanti tuli lukiossa eteen. Kasvien keruu oli valtava urakka. Niitä kerättiin kahtena kesänä yhteensä 80. Kuivatettiin ja kiinnitettiin paperille. Kasvien nimet kirjoitettiin etikettilappuun suomeksi ja latinaksi. Näistä oli lukuvuonna koe. Sain kahdeksan plus arvosanaksi. Oppikoulun algebra ja geometria olivat haastavia. En tiedä miten selvisin. Laskut kopioitiin Seppo Stenbergiltä.

En kovin innokkaasti lukenut läksyjä. Ainekirjoituksesta sain kiitettäviä numeroita. Mielikuvitukseni oli hersyvä. Opettelin tekniikan, jota käytiin koko kouluajan. Luin edellisenä iltana jonkun tarinan ja kirjoitin sen sitten muistista seuraavana päivänä paperille. Otsikot olivat väljiä. Opettaja Mirja Räihän kanssa oli hyvä ilmapiiri. Historia oli mukava oppiaine. Jouko Nurminen opetti myös yhteiskuntaoppia ja taloustietoa. Nurminen opetti piirtämällä, ne jäivät muistiin. Kuva jää mieleen eri tavoin kuin puhe tai teksti.

Kansallis-Osake-Pankin taloustietokilpailusta sain ruskean A5 kansion palkinnoksi. Jouko Nurminen oli myös koulun rehtori. Hän oli henkinen oppaani elämän varrelle.

Jaakkolan Ilkan kanssa pyöräiltiin koulumatkat. Tehtiin kaikkia mukavia asioita. Ilkasta tuli poliisi. Toinen hyvä poliisi tuli Mäkirannan Joukosta, myös hänen kanssaan kaveerattiin. Kaveeraus jatkui Joukon kanssa Kankaanpäässä. Käytiin tanssilavoilla Siikaisissa ja Jämijärvellä. Kerran oltiin Juhannus Pyhärannassa. Asuinpaikkana oli vanha linja-auto. Joukolla oli autoja, Vauxhall Viva ja Renault 8 Gordini.

Matkaopas

Monesti elämä tuo vaeltajan avuksi oppaan. Hän voi olla opettaja, ammattimies tai vanhempi henkilö. Oppaan tehtävä on ohjata vaeltaja tämän matkalle ja rohkaista tätä. Opas ei voi tehdä matkaa vaeltajan puolesta, mutta hän voi auttaa. Matkaoppaat olivat Pirkanmaan koulutushankkeissa Seppo Lahtinen ja Matti Hongisto. Yksi oppaan tehtävistä on varoittaa edessä olevista miinakentistä. Toinen tehtävä on toimia luotsina vierailla vesillä. Opastaa Vaeltajaa edessä olevista paikallisominaisuuksista ja tavoista.

Ensimmäinen oppaani oli kummisetäni Olavi Jäntti. Hän käytti paljon aikaansa kanssani. Kuljimme lapsuudessani ongella. Olli oli kalamies. Hän opetti käsittelemään ja valmistamaan kalan. Olli opetti tekemään oikeaoppisia saunavihtoja, ne tehtiin talveksi ennen juhannusta. Lehdet pysyvät silloin kiinni. Olli opetti minulle, miten vihdan punos kierretään. Hätäisemmät käyttivät kumilenkkejä ja rautalankaa. Kun asioita tehtiin, niitten piti olla esteettisiä. Kun kala käsiteltiin, piti pää jättää. Kala säilytettiin kokonaisena.

Kummit Olavi ja Helena Jäntti 1950-luvulla Helsingissä. Vanhan kellarissa.

Olavi auttoi siskoa kasvien keräämisessä oppikouluaikana. Minä sain nauttia samasta avusta. Kasvien kerääminen oli ehdottomasti keskikoulun vaikein tehtävä. Olavi tuki pyrkimystäni oppikouluun. Olavilla oli akateemista kokemusta Helsingin kauppakorkeakoulusta. Hän oli kahden sodan käynyt mies ja kapteeni.

Esityksen oppikouluun pyrkimisestä oli tehnyt johtajaopettaja Uuno Särkijärvi Vatajan kylän kansakoulusta. Hän esitti kahdelle oppilaalle pääsykokeita. Toinen oli Jouko Vakkamaa. Hänen vanhempansa, Aini ja Pentti olivat oppikoulun opettajia.

Joukon kanssa olimme paljon tekemisissä kansakouluaikana. Talvella jokirannassa tehtiin kynähyppyri. Vakkamaat liikkuivat paatilla joen yli. Kuljimme samalla linja-autolla kouluun. Myöhemmin Pentti hankki kupla Volkkarin. Vakkamaassa oli iso perhe ja kaikki lapset kävivät oppikoulun ja lukion. Jaakko, Juhani, Maija, Kaisa ja Jouko ovat heidän nimensä. Pentti oli kuvataiteilija ja kapteeni.

Keskikoulussa oppaani oli historian ja yhteiskuntaopin opettaja Jouko Nurminen. Vastasin hänen odotuksiinsa olemalla hyvä hänen opettamissaan aineissa. Kerran en tiennyt vastausta, kun Nurminen kysyi historian tunnilla. Hän sanoi latinaksi; Sinäkin, Brutukseni? Et tu, Brute? Syy oli hammassärky. Siihen aikaan hammashuolto oli Honkajoella vaatimatonta.

Pitäjänneuvos Jouko Nurminen 1929–2022

Myöhempiä oppaitani ovat olleet huonekalutehtailija Sauli Alanko-Luopa Kankaanpäässä ja elokuvaohjaaja Lauri Ikonen, Tohlopin dokumentti elokuvaprojektit, Sakari Loukola akateeminen vientimies ja huonekalutehtailija Turussa, Risto Harisalo hallintotieteen professori Tampereelta ja Kyösti Karjula akateeminen perunan viljelijä Lumijoelta sekä Timo Tuomi nikamakorjaaja Kankaanpäästä.

TOINEN TARINA

Toinen tarina kertoo perheemme muutosta Kankaanpäähän. Muutto laajensi elinpiiriäni. Uusi koulu kesken vuodenvaihteen, oppikoulun viidennellä. Oli kuin olisi heitetty heikoille jäille. Tulokas on koulussa aina avointa riistaa, koettelemisen arvoinen. Kunniaa piti puolustaa poikien vessassa, torilla ja kahviloissa.

Syksy toi uutta. Koulujen alkaessa tuli toinen riesa. Maakunnista tulijat halusivat haastaa riitaa torilla. En välittänyt haastamisista vaan lähdin kerrankin kävelemään kotiin päin. Lyseon kohdalla piti laittaa juoksuksi, kun alkoi lentää nyrkin kokoista kiveä. Ei tullut onneksi osumaa. Mailla ja kaupungeissa oli tappelukulttuuri 1960 ja 1970-luvuilla. Tämä oli suurta kansainvaellusten aikaa. Maaseutu muutti kaupunkiin ja ruotsiin. Onneksi harmit eivät olleet korvaamattomia.

Kankaanpäästä käsin tarjoutui uusia työmahdollisuuksia. Tuohon aikaan oli suuria valtion maanrakennustyömaita. Pääsin rakentamaan teitä ja siltoja. Asfaltointia tehtiin pohjanmaantiellä. Ei ollut joukkoliikennettä. Kouluautot olivat lopettaneet liikennöinnin toukokuun lopussa. Ja Töihin piti ehtiä seitsemäksi. Kun aiemmin oli tottunut kulkemaan liftillä tanssipaikoille, niin se onnistui töihinkin. Noormarkkuun piti mennä edellisenä päivänä, sunnuntaina. Sillä asuttiin viikot parakkikylässä.

Asuin vuokralla puolitoista vuotta meidän talossamme, koska vanhemmat muuttivat Tampereelle. Taloon muutti huonekalutehtailija Sauli Alanko-luopa perheineen Kurikasta. Hän opasti minut puusepänteollisuuden maailmaan pysyvästi.

MUUTTO KANKAANPÄÄHÄN

Kankaanpää

Muutimme Kankaanpäähän jouluksi vuonna 1970. Aloitin oppikoulun viidennen lukuvuoden tammikuun alussa seuraavana vuonna. Kesken lukukautta. Isoäiti Olga Emilia asui kotona, hän kuoli samana kesänä. Hänen poikansa Atte kuoli 1974. Hänet oli haudattu Kankaanpäässä nimettömään hautaan. Noin pitkälle kantoi aviottoman lapsen kohtelu. Laitoin hänen nimensä äitinsä viereen suvun hautakivessä Kankaanpään kappelihautausmaalla. Kysyin luvan menettelylle seurakunnalta.

Kankaanpään lyseossa oli tuttu opettaja Jouko Nurminen. Oli mukava aloittaa koulunkäynti. Kankaanpää eli voimakasta nousukautta tuohon aikaan. Kankaanpäästä tuli kauppala vuonna 1967 ja kaupunki muutaman vuoden kuluttua. Työpaikkoja oli runsaasti, koska kenkä- ja tekstiiliteollisuuden tuotteita vietiin Neuvostoliittoon. Kenkätehtaita oli valtavasti ja Reima työllisti parhaimmillaan satoja henkilöitä. Joku oli laskenut tuohon aikaan, että kengän valmistajia oli toista sataa. Laskuun jokainen pieksuntekijä otettiin mukaan.

Reima Oy perustettiin sotien jälkeen Kankaanpäässä. Yritys tuli kuuluisaksi Enstex kankaasta, joka kehitettiin Porin Puuvillan kanssa. Se oli kestävä lastenvaatekangas. Vuoteen 1970 mennessä lähes tuhannen työntekijän Reimasta oli kasvanut Pohjoismaiden suurin lastenvaatteiden valmistaja. Sen tuotannosta liki puolet meni vientiin.

Reiman tuotannosta vietiin ulkomaille 1980-luvulla valtaosa, Yhdysvaltoja ja Japania myöden. Vuosikymmenen lopulla Reiman tehtaat sijaitsivat Kankaanpään lisäksi Porissa, Parkanossa ja Ivalossa. Ne työllistivät pääosan henkilöstöstä. Reima ajautui konkurssiin 1990-luvun alussa laman myötä. Reima Oy´n tiedot perustuvat Wikipediaan.

Reiman tehdas Kankaanpää

Kankaanpään lyseo

Kankaanpäässä olo aikaani sinne muutti muitakin Honkajoen koulun oppilaita. Toiset menivät töihin, toiset opiskelemaan kauppaopistoon. Sinne meni Lankosken Esa, jonka kanssa asuimme samaan aikaan myöhemmin Tampereella. Esa meni naimisiin Laineen Ullan kanssa ja he perustivat poriin leipomon, Ullan Pakarin. Nykyisin neljäs sukupolvi tekee perinteistä Honkajoen leipää. Mäkirannan Jouko oli hyvä kaverini Honkajoelta. Hän kävi kauppaopiston ja myöhemmin jatkoi poliisiopistossa. Jouko asuu Noormarkussa.

Esa Lankoski Tampereella 1970-luvun alussa

Kankaanpään lyseo 1971 kevät. Luokkakuva osittain

Kankaanpään lyseosta kertyi hyviä kavereita. Ahokankaan Harrin kanssa ajeltiin Sitikalla, ID oli loistoauto. Harri oli aikuisikänsä Ruotsissa yrittäjänä. Korkeakosken Matti oli kaverini myös Parolan nummella. Hänestä tuli upseeri ja lakimies. Kun jouduin muuttamaan kesken lukion Tampereelle, muuttui kaveripiiri.

Talomme Kankaanpäässä Hinriikankadulla vuonna 1971

Vanhempani asuivat Kankaanpään talossa vuoden ja neljä kuukautta. He muuttivat asumaan Tampereen Pyynikille Papinkadulle. Äitini meni töihin Kenkäkauppaan Hämeenkadulle. Kävin Kankaanpäässä lukion ensimmäisen ja toisen luokan. Toisella luokalla jäin luokalleni.

Vuosi 1973 minä, Anitta ja Sauli Alanko-Luopa, Kankaanpää
Hinriikankatu

Noormarkun tietyömaa

Ensimmäisen kesän tein Noormarkussa tietöitä. Keijo Harju oli oppaani, hän oli työnjohtaja alueen tiehankkeissa. Rakennusmestari Kalervo Hautamäki oli työmaapäällikkö. Insinööri oli kaukana Porissa. Tie peruskorjattiin Noormarkun keskustasta Poikeljärvelle. Siellä tie yhtyy Vaasan tiehen tanssilavan kohdalla. Asuin kesän parakkikylässä ja ruuan sai ostaa tienvarren kaupoista. Lounaalla oli yleensä ranskaleipää ja meetwurstia, kestomakkaraa. Juomana oli ykköspilsneriä. Sitä saattoi juoda lämpimänä. Kesäpäivät olivat aurinkoisia.

Sunnuntaisin piti mennä liftaamalla Kankaanpäästä Noormarkkuun ja sieltä kahdeksan kilometriä työmaan parakkikylään Poikeljärven suuntaan. Usein jälkimmäisen välin sai kävellä. Perjantaisin oli helpompaa matkustaa kotimatka. Kuorma autoilijoita oli Kankaanpäästä työmaalla. Usein menin Lehtosen Anteron kyydissä. Hänellä oli Hiab nosturi Kontio Sisussaan. Tällä autolla kuljetettiin työmaan tarvikkeita. Nosturiauton tarve oli suurempi kuin sora Sisujen.

Olin tehtävänimikkeeltäni mittamiehen apulainen. Työantajani oli Tie- ja Vesilaitos. Kunnossapitopuolta kutsuttiin nimellä TVH. Tie- ja vesirakennushallitus eli TVH oli Suomen maantie- ja vesitieverkon rakentamiseen ja hoitoon keskittynyt valtion virasto. Se toimi eri nimillä parin sadan vuoden ajan. Lähteenä on Wikipedia.

Työkaverini oli Nummeliinin Vilkki, muuta etunimeä en tiennyt hänellä. Vilkki oli kunnostautunut tietöissä siihen, että hän puhui meidät kahville tievarren taloihin. Maantiellä ajeltiin polkupyörällä kauppaan ja töihin. Vilkki meni aina sanalle, kun emännät kulkivat asioillaan. Mittamiesten esimies oli Nummeliinin Kauko. Hän oli maanmittaukseen koulutettu henkilö. Hän oli joko rakennusmestari tai teknikko.

Osa aamun ja iltapäivän pyöräilijöistä oli Oraviston tehtaitten työntekijöitä. Kauniita naisia pyöräili töihin. Siihen aikaan oli naisilla muotia maksitakki ja mikroshortsit. Joku uskalias tyttö pysähtyi kerran juttelemaan. Vietiin työkaverin Volvolla ajelulle toisen tytön kera. Auto oli kevään ylioppilas nuorukaisen isän omistama.

Lakkia ei käytetty tietöissä kuten aiemmin heinätäissä oli ylioppilailla tapana. Ylioppilas oli noihin aikoihin lähes maisteri. Toverini taisi pyrkiä tekniikan alalle korkeakoulutukseen. Tietöissä sai kerättyä opinnoissa vaadittavan harjoittelun. Mittamiehellä oli käytössään tarkka kiikari, jolla voi katsella kilometrin päähän muurahaisen kävelyä ladon seinässä. Itse katselin työmaaliikennettä. Nuoret naiset ajelivat väärinpäin kiikarin kuvassa. Kiikarin valovoima säilyi parempana, kun kuvaa ei käännetty.

Toinen kohde oli samana kesänä Ruokejärven tietyömaa. Sillä tehtiin tienpätkä aivan umpimaastoon, pohjalle tuli kiviä ja päälle sorakerrokset. Pääsin ajamaan työmaalla Hannu Mäki-Kantin oranssinväristä Allis-Chalmers puskutraktoria. Sen ohjaus toimi kahdella kepillä. Hannu oli vakio urakoitsija tietyömailla.

Kun työ päättyi syksyllä olin varma, että minua kutsuu lukion jälkeen lakimieskoulutus. Se saattoi johtua siitä, että näin siskolla kirjan Kauppaoikeutta liikemiehille. Se oli pääsykoekirja oikeustieteellisen tiedekuntaan. Toisin kävi elämässä.

Kankaanpään musiikkiopisto

Kun työmaan pesti loppui, ostin tienisteillä puoliakustisen Eco sähkökitaran ja vahvistimen Lasse Pihlajamaan liikkeestä Porin Yrjönkadulta. Kauppaan kuului vahvistin. Syksyllä aloitin kitaransoiton opinnot Kankaanpään musiikkiopistossa.

Rehtori Liisa Mattila-Oukari oli järjestänyt opintolinjan. Seppo Hakalan, Porin Elviksen orkesterin kitaristi Matti Tuomien oli opettaja. Opintokaverini oli Ilkka Joukanen Kankaanpäästä. Ja monia muita. Perustimme Pik Brass Bändin, jossa oli pääasiassa puhallinsoittimia. Eräs puhallinsoittaja oli myöhemmin papiksi opiskellut Lauri Räike. Hän toimi pastorina Porin Reposaaren seurakunnassa. Soitimme

Itsenäisyyspäivän tilaisuudessa Niinisalossa ja toisen kerran Kankaanpään opiston juhlassa. Yksi kappale oli Spinning wheels.

Lankosken silta

Seuraavana kesänä, 1972 menin Lankosken sillan rakennustöihin. Silta on kestänyt hyvin tähän päivään. Työni oli purkaa laudoitusta sillan alla. Seisoin kannen alla huojuvilla tellingeillä. Pidin toisella kädellä kiinni sillan kannatinpilarista. Sen ja kannen välissä oli lämmönvaihtelua varten liikkumarako. Alla virtasi kuohuva koski kevätkesästä. Aluksi ei kukaan käyttänyt kypärää työmaalla ennen kuin joku rakennusmiehistä sai vasarasta päähänsä.

Välimatkat Kankaanpää Honkajoki kuljin liftillä. Aamu viideltä herätys ja eväitten teko Myllymäessä. Vettä repullinen mukaan. Samana kesänä päällystettiin Honkajoen kirkonkylä asfaltilla. Kirkolta oppikoululle tieosuus oli ollut notkelmassa. Sitä kohotettiin.

Jossain kohtaa mittaamisessa oli tullut virhe. Pitkä osuus kirkolta Honkalan tienoille oli alkanut kohota liikaa. Alussa oli pitkä osuus liki puolimetriä kovaa. Korkeutta yritettiin madaltaa vedellä ja täryjyrällä. Se ei painunut, koska alla oli kirkkokallio. Toisen puolen rakennukset jäivät notkoon, kivinen kirkkoaita jäi näkyviin. Edelleen tie on korkealla. Se on hyvin pohjustettu.

Lankosken silta Honkajoki, Karvianjoki

Sauli Alanko-Luopa muutti syksyllä 1973 asumaan perheineen taloomme vuokralle. Sauli oli Set-Kaluste Oy´n tuotantojohtaja. Asuin talossamme alivuokralaisena talven ja seuraavan kesän. Sauli oli oppaani puuseppien ja huonekalujen maailmaan. Set kaluste valmisti puisia sohvan runkoja.

Kävin Saulin kanssa viemässä kalusteita asiakkaille. Aukian Sampalle veimme sohvakalustoja Turkuun A-Kalusteelle. Kävimme Tammikuussa Tukholman kansainvälisillä huonekalumessuilla. Viking Linellä matkustettiin tuohon aikaan kansipaikoilla. Niin mekin. Olin kielitaitoisena matkan tulkkina. Pohjanmaan Kalusteen Jaakko Järvinen oli matka seurueessamme.

Sauli Alanko-Luopa 1973 Hinriikankatu Kankaanpää

Asfalttimihen työ

Kesä 1973 kului asfalttitöissä. Olin ajanut kuorma-auto ajokortin autokoulu Ojalla Kankaanpäässä. Kouluautona oli tylppänokkainen Mercedes. Auton lava oli täynnä polttoaine tynnyreitä. Tuohon aikaan oli energiakriisi. Öljy oli loppumassa koko maailmasta. Sain silloin tällöin ajaa kuorma-autoa tietyömaalla. Eräs erikoisuus oli Järvisen Sisu. Autolla ajettiin vettä tietyömaalle, vedellä tiivistettiin rakennetta. Siinä oli englantilainen Cumminsin diesel moottori. Se ujelsi, kun painoi kaasua.

Työmatkat sujuivat liftillä Kankaanpäästä Honkajoelle. Paras lifti oli, kun matkustin Vammaksen tiekarhun lokasuojan päällä. Toimin asfalttityömaalla liikenteen ohjaajana, joskus tein kahta vuoroa. Martti Kamppikoski oli insinööriajon vastaanottaja Kankaanpäässä. Hän kävi Porissa töissä katsastuskonttorilla Honkajoelta. Aamuisin valkoinen BMV ilmestyi kirkolta päin näköpiiriin. Avasimme asfaltoitavan tien Jaakkolan Ilkan kanssa. Martti kysyi joka aamu, - Onko tullut liikennevahinkoja. Hän tarkoitti minua, että olenko kolaroinut. Totesin että ei ole, herra insinööri ja toivotin hyvää työmatkaa Martille.

Tukholman kansainväliset huonekalumessut

Kankaanpään lukion reaalilinjan toinen luokka teki oppilasvierailun Ruotsiin viikoksi. En ollut jostain syystä joukossa. En ollut täysin opettajan, Matti Kivipuron suosikki. Unohdin jokaviikkoiset sanakokeet. Ajattelin laittaa paremmaksi.

Sain tarjouksen lähteä mukaan Tukholman kansainvälisille huonekalumessuille talvella vuonna 1974. Matkustimme Turusta

Tukholmaan laivalla. Tuohon aikaan matkustettiin yleisesti kansipaikoilla ja nukuttiin penkillä. Matkaseurueemme oli jo Suomen maankamaralla päättänyt, että tehdään Ruotsista Suomen alusmaa ja valitaan sille paikan päällä maaherra kuninkaan tilalle. Autossa oli moniraita kasettinauhuri, ja sieltä soi Lea Lavenin *Se on elämää* - kaseteilta musiikkia.

Koska olin Ruotsin kielen taitoinen ja kirjanoppinut, tehtäväni oli toimia tulkkina. Toinen tehtäväni oli lahjakkuuteni avulla hankkia pöytään naisseuraa. Seuraa löytyi, kun lupasin seuralaisille juotavaa. Illanvietto jatkui kansipaikoilla pitkälle aamuun. Satamasta otimme taksin ja matkustimme messupaikalle Tukholman ulkopuolelle.

Kiertelimme messupaikalla osastoja päivän ja tutustuimme tarjontaan. Tukholman messut oli laajuudessaan toista luokkaa verrattuna Helsingin Habitareen. Tapasimme messuilla pääasiassa suomalaisia tuttavia. Siihen aikaan otettiin valokuvia ja välillä käymälässä pienet neuvoa antavat.

Messupäivän jälkeen suuntasimme takaisin laivasatamaan, Vikingin terminaaliin. Istuimme ja odottelimme laivaan pääsyä terminaalin cafeteriassa. Seurueemme oli pannut merkille, että terminaalin kioskissa myytiin anatomian kuvastoja miespuolisille asiakkaille. Koska olin kirjanoppinut ja kielitaitoinen sain tehtäväkseni hankkia anatomian kuvastoja koko jäljellä olevilla kruunun rahoilla.

Matkaseurueeni auttamisella kustansin koululaisena messumatkani. Vaihdoin Kankaanpään lyseossa luokkatovereitteni kanssa kuulumisia Ruotsin matkastani. Messuvierailumme oli viikonloppuna. En joutunut pyytämään vierailun ajaksi vapaata koulusta. Olisin mennyt joka tapauksessa messuille, oli koulusta lupa tai ei.

Minä ja Anitta 1973 Hinriikankatu Kankaanpää

KOLMAS TARINA

Kolmas tarina kertoo muutosta Tampereelle. Olin kesän 1973 asfalttitöissä Kankaanpääntiellä, Honkajoella. Työ oli liikenteenohjausta. Olin jäänyt, tai laiskuuttani jättäytynyt luokalleni Kankaanpään lyseon lukion toisella luokalla. Tietöissä tein kahta vuoroa tarvittaessa. Työpäivät olivat pitkiä. Asuin yksin Kankaanpäässä. Aamukahvi oli viideltä. Töihin liftasin. Joskus tiekarhun kyydissä.

MUUTTO TAMPEREELLE

Oli pakko siirtyä Tampereelle jatkamaan koulua. Pääsin Kalevan yhteiskoulun lukioon. Se oli mukava koulu. Ensimmäinen syksy meni uusia asioita oppien. Kävin iltaisin Åke Blomquistin tanssikoulua Rautatieläisten talolla Tammelassa. Äitini johdatti minut Sanelma Vuorren käytös- ja tapakurssille. Riitta Pulla oli kouluttaja. Tanssikoulussa tapasin Päivi Tikkasen, hän oli tunnollinen koululainen luki venäjää ja pitkää matematiikkaa. Hän tuli myöhemmin kertomaan minulle, että pääsi lääketieteelliseen tiedekuntaan. Olimme olleen erossa jo jonkin aikaa. Hän oli medisiinari numero yksi. Myöhemmin on tullut kaksi lisää.

Minä ja Päivi vuonna 1975

Asuin syksyn vanhempieni luona. He muuttivat Helsinkiin ja minä jäin yksin asumaan Tampereelle. Jaoin Hesaria aamuvarhain Pyynikillä syksyn ja alkuvuoden, kunnes jouduin muuttamaan Härmälään. Tampereella aukeni suuri maailma. Opin tuntemaan kaupungin postiauton kuljettajan ohjaamosta. Paikkakunnan rakenne tuli tutuksi, kun työkseen vierailin konttoreissa noutamassa kirjepostia ja paketteja.

Vuonna 1975 pääsin ylioppilaaksi. Piti pyrkiä keväällä taloudellis-hallinnolliseen tiedekuntaan Tampereen yliopistoon. Se viivästyi, hain myöhemmin mutta tohtorikoulutukseen. Se tuli valmiiksi kahdessa erässä, ensin sain valmiiksi lisensiaatin tutkinnon. Luova yrittäjyys on lisensiaatin opinnäyte. Sitten väitöskirja, Epälineaarinen arvoketju. Se käsittelee Epälineaarisuutta tuotteen arvoketjussa. Logistiikkaan on saatu dynaamisuus tietotekniikan myötä. Lisättiin raha ja tieto tavarankulun lisäksi.

Tampereelta Vaeltajan tie jatkui Parolan nummelle, jossa opin lisää huoltoa ja logistiikkaa Panssarikoululla. Tämän jälkeen jatkoin huonekalukauppiaana Tampereella. Huonekalutyöhön sain Kankaanpäässä opastuksen Sauli Alanko-luovalta. Huonekalujen myymistä jatkui, kun muutin Turkuun Iskuun.

Turussa tapasin toisen medisiinarin Helenan ja menimme naimisiin. Perhe asui Turussa ja itse olin töissä eri puolella Suomea ja ulkomailla. Työ oli kaupan ja kulttuurin alueella.

Kalevan lukio

Muutin Tampereelle asumaan 1973 syksyllä. Aloitin lukion toisen luokan Kalevan yhteiskoulun lukiossa. Alku ei ollut täysin tervaista, vaikka olin jäänyt Kankaanpäässä luokalleni. Asuimme Papinkadulla Pyynikin ja keskustan tuntumassa. Rollikkalinja numero 25 kulki koulun ohitse.

Vanhempieni kanssa asuminen uudessa paikassa tuotti joskus vaikeuksia. Nukuin olohuoneessa. Koulupöytä oli siellä. Kolmas huone oli varattu, siinä asui alivuokralainen. Viehättävä neito. Vanhempieni keskinäinen eläminen oli toraisaa. Isäni ei löytänyt entiselle maanviljelijälle sopivaa työtä. Heidän välisensä keskustelu eteni samalla tavalla kuin Kankaanpäässä, avointa taistelutoimintaa. Helsingissä kai odotti kultaruukku sateenkaaren toisessa päässä.

Jouduin usein menemään väliin vanhempieni riitelyyn. Kerran sain kirjeen Tampereen kaupungin sosiaalitarkkaajalta. Isäni oli tehnyt ilmoituksen epäsosiaalisesta käyttäytymisestäni. Minut kutsuttiin haastatteluun sosiaalivirastolle. Virastossa minut otti vastaan nuori viehättävä sosiaalivirkailija. Istuin tunnin verran hänen vastaanotollaan. Se oli mukava kokemus. Tapaaminen päättyi siihen, että hän lupasi kutsua koko perheen luokseen tapaamiselle. Olin kertonut millaiseksi maalta muutto oli muodostunut.

Menimme kolmestaan sosiaalitarkkaajan luokse kaupungin sosiaalivirastoon. Istunto ei kestänyt kauan ja päätteeksi virkailija totesi vanhemmilleni, josko välttäisitte keskinäistä torailua. Saisi poikanne paremmin keskittyä koulunkäyntiin. Olin kertonut aiemmin millaista lyhyt asuminen oli ollut Kankaanpäässä. Isäni oli depressoitunut ja äitini humalahakuinen. Kun koulunkäyntini takkuili lukion ensimmäisellä, ehdotti äitini minulle tehtaaseen töihin menoa.

Tampereella jäin asumaan yksin vuodenvaihteen jälkeen. Tyttöystäväni Päivi oli seuranani ja Mäkelän Kimmon kanssa puhuimme elämän syviä totuuksia.

Aamuisin jakelin Hesaria Pyynikillä. Työ alkoi kello viisi aamulla. Jakelualue ei ollut suuri, Pyynikin torin ympäristö. Aamuisin Kalle Kaihari tuli vastaan ja toivotteli, - Raikkaita aamuja. Hän oli säännöllisesti aamulenkillä. Lehdenjakoa kesti helmikuun loppuun.

Muutin Härmälään asumaan, sinne kulki Rollikkalinja numero 1. Asuin Härmälässä kaksi kuukautta. Asuntoni Uudestakylästä vapautui toukokuussa. Se oli Kalevan kaupunginosan takana ja koulumatkan saattoi kulkea, vaikka kävellen. Hakametsän jäähalli oli kadun toisella puolella.

Pääsin Postille töihin kesäksi autonkuljettajaksi. Olin kaksi kesää töissä Tampereen Posti- ja Lennätinlaitoksella. Ajoin pankkiautoa, rahankuljetuksia VR:n vaunusta Suomen Pankkiin Hämeenkadulle. Autossa oli poliisi vartijana. Lasti oli joka kerralla miljoonia.

Kirjelaatikot tyhjennettiin kaupungilla ja postikonttoreista haettiin paketit kuljetushäkeissä lajittelukeskukseen pääpostiin. Väliajat ajoin vahtimestareitten ajoja. Yhden talven tyhjäsin öisin junanvaunuja.

Minä vuoden 1974 tyyliä

Kävin Åke Blomqvistin tanssikoulussa Rautatiekadulla talven. Osa tanssikoulun oppilaista esiintyi television Lauantaitanssit ohjelmassa. Silloinen tyttöystäväni Päivi Tikkanen pääsi televisioon, minä en. Päivi oli lukiossa, hän oli ahkera ja luki venäjää ja pitkää matematiikkaa. Päivi pääsi ensi yrittämällä lääketieteelliseen tiedekuntaan Tampereelle opiskelemaan.

Toinen mukava paikka oli Sanelma Vuorren tyyli- ja mannekiinikoulu, kouluttajana oli Riitta Pulla Helsingistä. Kävin jossain esiintymässä, vaatteet sai maksuna työstä. Sain olla pitkään erään Hämeenpuiston partureitten mallina hiusmuotikilpailuissa ja näytöksissä.

Koko viimeisen lukiotalven kävin Koulukadulla hammaslääkärissä. Pelkäsin laskua, koska hammaslääkäri tykkäsi jutella paljon vastaanotoilla. Hän ehdotti keväällä. – Lasku on sillä kuitattu, jos tuot ylioppilaskuvasi. Minä vein kuvan, kun lakki oli päässä. Kalevan yhteiskoulun lukiosta kirjoitin keväällä 1975.

Jatkoin postiauton kuljettajana heti kirjoitusten jälkeen kevättalvella. Anoin kesän ajan lykkäystä sotaväestä. Tavoite oli pyrkiä Talhalliin, taloudellis-hallinnolliseen tiedekuntaan. Haku viivästyi parikymmentä vuotta. Pyrin 1990-luvun lopulla jatko-opiskelijaksi Tampereen yliopiston Hallintotieteelliseen tiedekuntaan. Meitä varten perustettiin tohtoritiimi, jota ohjasi professori Risto Harisalo.

Minä, Päivi ja Anitta vuonna 1974 Tampere

Ylioppilas Kalevan yhteiskoulun lukiosta 1975

Aloitin syksyllä sotaväen Hämeenlinnan Parolan nummella. Alokasaika sujui kohtuullisesti. Minut ohjattiin aliupseerikouluun panssarintorjuntalinjalle. Keväällä 1976 piti hakeutua jatkotehtäviin. Valitsin Panssarikouluun.

Tein siellä huolto- ja komennusjoukkueen varajohtajan ja toimistoaliupseerin töitä. Meillä oli panssarilinjan kadettikoululaisia kouluttautumassa ja reservin upseerikoulu. Laskin heille päivärahat.

Toimistossa oli muutamia työntekijöitä, kirjuriksi määräsin ortodoksi papin. Hän oli aseettomassa palveluksessa. Joukkueenjohtaja oli vääpeli Pekka Laine. Hän poltti kolme askia tupakkaa päivässä. Hän oli kenttämies, toimistotyö ahdisti häntä.

Vuosi 1976 Panssarikoulu Parolan nummi

Työni oli huolto- ja komentojoukkueen johtamistehtäviä. Joukkue piti kunnossa neuvostovalmisteisia panssarivaunuja T-72 ja panssaroituja miehistönkuljetus vaunuja BTR-60, nuljukumeja. Marssitin joukkueen iltaisin syömään ruokailutuvalle. Organisoin sotaharjoitusten kalvojen tekoa, samoin harjoituksiin liittyviä kirjallisia ohjeita. Tekstit kirjoitettiin vahalle ennen monistusta. Sotaharjoituksiin toimitimme muonan ja polttopuut. Upseerien sauna oli koko ajan lämpimänä Tourulassa Wuolteen kartanon mailla. Hämeenlinnan lähellä.

Kerran oli koulun kapteeni Roiha päivystävänä upseerina. Hän söi ovella omenaa ja pistoolivyö roikkui rennosti olalla. Päättelin että hänestä tulee vielä jotain. Olemus oli rento, ajatteleva, ilman kantojen kopsutusta. Myöhemmin näin hänet televisiossa. Hän esiintyi kansainvälisen sotilaspolitiikan asiantuntijana, arvoltaan everstiluutnantti. Everstiluutnantti Roiha kouluttautui Ranskan maineikkaassa sotakorkeakoulussa; Ecole Supe´rieure de Guerre´ssa 1980-luvun lopulla. Kaikki Ranskassa kouluttautuneet upseerit olivat aiemmin käyneet oman maansa sotakorkeakoulun. Tiedot Kylkirauta.

Opin mitä tarkoittaa logistiikka armeijassa. Siitä tuli myöhempi tehtäväkenttäni ja tutkimuskohde yliopistolla ja ammattikorkeakoululla.

Alikersantti vm 1976

Vuoden 1976 armeijan tehtävät eivät motivoineet kovinkaan runsaasti kantahenkilökuntaa. Ei ollut kunnon rähinöitä ja kotimaassakin oli rauhallista. Panssariprikaatin takapihoilla käytiin käytettyjen autojen kauppaa. Upseerit ja toimiupseerit myivät paremman luokan ajopelejä. Myynnissä oli mustia Mersuja ja Peugeot henkilöautoja. Meininki oli kuin basaarissa. Tulee vääpeli Körmyn ajat mieleen.

Autoja tuli myyntiin rauhanturvaajien kautta. Tuohon aikaan palkanlisänä sai tuoda verovapaan henkilöauton, kun oli palvellut vuoden verran rauhanturvajoukoissa. Ilman autobonusta olisi ollut hankala rekrytoida väkeä rauhattomille alueille. Auto piti muuttaa kotimaassa rahaksi ja siihen tehtävään oli tarjokkaita.

Armeijan käytyäni hakeuduin Turun Iskukalusteelle myyjäksi. Työpaikka oli lähellä, sinne oli matkaa asunnolta parin sataa metriä. Tässä työssä tutustui erilaiseen maailmaan. Työstä maksettiin provisiopalkka. Huonekalut olivat kalliita kestokulutushyödykkeitä. Tuohon aikaan arvokkaassa huonekaluliikkeessä työasuna oli liivipuku, kauluspaita solmio ja hoidetut nahkakengät. Armeija-aikana huomioitiin vaatetus. Talvella oli mantteli. Iskussakin oli käytössä itselläni Loden-päällystakki.

Puiset huonekalut olivat 1970-luvulla tummaa petsattua tammea tai koivua. Sohvakalusteet olivat verhoiltu plyysikankaalla tai nahalla. Suuri osa Iskun kalusteista myytiin pitkällä luottoajalla.

Kalustetalon johtaja oli Reijo Mäkinen. Tulin hänen kanssaan hyvin toimeen. Samoin muitten myyjien kanssa. Minulle sopi hyvin provisiopalkkaus. Alussa vuodenkierto oli ensimmäinen. Piti sopeutua siihen, että vuodessa oli vähän myyntikuukausia. Joskus myöhemmin laskin, että aktiivisia myyntikuukausia on neljä ja puoli sellaisilla aloilla, joissa hankinnat ovat suurehkoja. Asiakkaitten mieli on loppusyksystä joulussa, keväällä se on pääsiäisessä, sitten mökkeilyssä ja veneilyssä, kesänvietossa. Syksyyn kun tullaan, on joitain myyntiviikkoja, kunnes on jouluajatukset.

Tutustuin Yleisradio Tohlopin kulttuuriohjelmien päällikköön, ohjaaja Lauri Ikoseen. Lauri osti huonekaluja. Hän oli ollut ohjaajana Amerikassa, Hollywoodissa ja Elviksen kuvauksissa. Lauri opetti minulle elokuvaprojektin teon ja ohjauksen merkityksen. Kaikki projektisuunnitelmat noudattavat elokuvan kaavaa. Ja kaikki sankarielokuvat noudattavat samaa Joseph Campbellin, Sankarin tuhannet kasvot -kirjan juonta. Sama muoto on kansansaduissa, sankaritaruissa ja uskonnollisissa kertomuksissa. Lähtö, toiminta ja kotiinpaluu.

Olin jonkun aikaa yrittäjänä Olo-Kalusteessa. Teimme huonekaluliikkeen Lasse Alhamon kanssa Satakunnankadulle Tampereella. Liikehuoneisto oli entinen kukkakauppa. Alakerta piti tyhjentää mullasta. Yläkerran seinät verhoiltiin säkkikankaalla. Ikkunalle aseteltiin Ylöjärveltä lainaamiamme omenapuun runkoja, oksilla hohtivat pelargoniat. Ikkunoilla olivat kukkakupan Flora lux - loisteputket. Ne saivat omenapuitten kukat hohtamaan. Vieressä oli Hämeenpuiston liikennevalot ja ohikulkijat ihastelivat bussin ikkunasta näkymiä.

Minä ja Ford Transit Tampere 1977

NELJÄS TARINA

Neljäs tarina kertoo muutosta Turkuun. Maailma avartuu lisää. Muutin 1970-luvun lopulla Turkuun töihin Iskukalusteelle. Tein siellä myymäläpäällikön tehtäviä. Huolehdin varaston kierrosta ja tilauksista. Tein joka aamu varastokatsauksen kortistosta ja loin silmäyksen kovien ja pehmeitten kalusteitten tilanteeseen hyllyillä. Ne poikkesivat toisistaan.

Työvuorolista oli vastuullani. Aiemmin työvuorot tiedettiin seuraavan viikon. Suunnittelin työvuorot vuodeksi eteenpäin. Käytin mallina Tukholmalaisen Högdalens Sjukhusin työvuorosuunnittelua. Siinä oli sisällytettynä kaikki työlainsäädännön ja alan työehtosopimuksen asiat.

Huomasin, että hallimyymälän malliryhmiä ei myyty. Ne olivat ikään kuin kiinteitä rakenteita pölyttymässä, niihin ei koskettu. Silmä oli tottunut. Tein Iskulle töitä kaksi vuotta ja pyrin Turun yliopistoon opiskelemaan taloustiedettä. Aloitin samaan aikaan pankkityön Kansallis-Osake-Pankissa Sataman konttorin valuutanvaihdossa. Työpiste oli Viking Linen terminaalissa. Töitä tehtiin laivojen tulo- ja lähtöaikojen mukaan.

Pankkityö jatkui Turun Seudun Osuuspankissa. Välillä olin vuoden Alkon myyjänä. Opintojen lopulla pääsin teollisuuspiiriin yritysneuvojaksi. Työ oli vientitukihakemusten käsittelyä. Kiersin haastattelemassa rahoitustuen hakijayritykset Varsinais-Suomen alueella. Ministeri Ilkka Suominen kirjoitti oikeuden käyttää omaa autoani, se ilostutti. Teimme tietoalan opiskelijan kanssa yritystiedoston. Siinä oli asiakasyritysten tiedot. Yritysten omakanta.

Läheni 1990-luku. Pankkien laaja rahanlainaus edelsi suurta lamaa. Sain työn Turun yliopiston koulutuskeskuksessa. Aloitin yrittäjäkoulutuksen suunnittelijana ja kurssinjohtajana. Yrittäjäkursseja siunaantui runsaat parikymmentä. Yritykset olivat pääasiassa maaseudun pienyrityksiä, puutuotealan yrityksiä oli paljon. Mukaan mahtui insinööritoimistoa, kukkakauppaa, metalliyritystä, porkkanan viljelijää ja keittiökalusteiden valmistajaa.   Niitä oli Varsinais-Suomessa, Hämeessä ja Pirkanmaalla.

Samoihin aikoihin suunnittelimme laajempia yritystoiminnan kehittämisohjelmia, koska tuona aikana elettiin suurten muutosten keskellä. Laman lisäksi suuri muutos oli Neuvostoliiton romahdus.

ELÄMINEN TURUSSA

Muutin Turun Iskukalusteelle töihin 1970-luvun lopulla. Olin 23-vuotias. Hallimyymälä oli ollut toiminnassa kymmenisen vuotta. Myynti oli ollut samalaista kuin arkkupakastimen käyttö ruuanlaitossa. Käytetiin kerros pakastimen pinnalta tuoreita tuotteita. Sain myymäläpäällikkönä toteuttaa muutoksia tilauksien ohjelmoinnissa, myynnissä ja esillepanossa. Runsaat kaksi vuotta yrittäjänä ja myyjänä opettivat huonekalu liiketoiminnasta paljon. Lempinimeni oli Patruuna.

Turkuun muuttoa seurasi avioliitto toisen medisiinarin, Helenan kanssa. Tyttöystäväni Päivi oli ensimmäinen. Helena oli naimisiin mentäessä vuonna 1980 sairaanhoitaja ja erikoistui anestesiaan. Helena opiskeli lääkäriksi. Hän erikoistui työterveyshuoltoon. Hänen opiskeluaikanaan oli kaksi lasta Julia ja Leo. Klaus syntyi myöhemmin. Elämämme oli työtä ja opiskelua. Opiskelin avioliittomme aikana neljä yliopistotutkintoa. Tyttäreni Niina on syntynyt tammikuussa 1975, asuin silloin Tampereella. Oli ylioppilas vuoteni. Niina muutti äitinsä kanssa Ranskaan. Äitinsä avioitui ranskalaisen diplomaatin kanssa. Niina sai hyvän kasvatuksen ja kansainvälisen koulutuksen.

Vapaampi aika kului poikien jääkiekko harrastuksessa. He pelasivat Turun palloseurassa. Olin nuorisojääkiekossa mukana parinkymmenen vuoden ajan. Julia meni kolmivuotiaana hevosen selkään

Paastonkylässä. Ei tullut alas. Hänellä oli vastuullaan oma hevonen. Kunnes se jouduttiin lopettamaan Helsingin hevosklinikalla. Attalle tuli suolimutka. Julia pelasi Ringetteä, koska naisten jääkiekkoa ei tuolloin vielä ollut Turussa. Julia kävi Juhana Herttuan esiintymistaidon lukion ja harrasti näytelmätaidetta.

Julia tykkäsi kirjoista ja lukemisesta. Luin hänelle kaiken mitä Raision kirjasto tarjosi. Pojat olivat liikunnallisempia.

Tutustuin toiseen huonekalutehtailijaan, akateemiseen ja kielitaitoiseen Sakari Loukolaan. Sakarista tuli opas monella tavalla. Juhani Moisio oli huonekalutehtaan myyntipäällikkö. Hänestä tuli tyttäremme Julian kummi.

Turun Iskun työjaksoa kesti pari vuotta. Herättävä kokemus oli entisen Iskun aluejohtajan saama sydänkohtaus 50-vuotiaana. Ajattelin, että tänään minäkin voisin olla johtaja, huomenna rivihenkilö. Tai ulkopuolinen, jatkajani sanottiin irti runsas 50-vuotiaana. Ei kaupallista koulutusta. Mutta tänään maisteri, vielä huomennakin maisteri. Valmistauduin keväällä 1980 Turun yliopiston pääsykokeisiin. Otin kokeessa riskejä. Kesäloman varasin toukokuulle.

Riskinotosta huolimatta pääsin seitsemänneksitoista varasijalle. Opintosihteeri Liisa Santti kertoi päivittäin tilanteen. Syksyllä aloin opiskella taloustieteitä, tilastotiedettä, matematiikkaa ja valtio-oppia. Kaikki opiskelutaidot ja tiedot olivat umpiruosteessa, pakkasen puolella. Olin Tampereella ajatellut, etten milloinkaan enää opiskele. Lukio oli sen verran tukala. Huomasin, että uusi aika oli koittanut yliopisto opiskelija kohtaa avaran mailman. Monet ovet aukeavat, kun kolkuttaa.

Aloitin samaan aikaan opiskelun kanssa pankkityön Kansallis-Osake-Pankin valuutanvaihtopisteessä Vikingin terminaalissa, Turun satamassa. Tämän jälkeen työskentelin Alkossa vuoden. Tein tuon jakson jälkeen pankkityötä Turun Seudun Osuuspankissa. Talousalan harjoittelun tein Saksassa.

Kimmo Mäkelä oli hyvä ystäväni lukioaikana Tampereella Kalevan yhteiskoulun lukiossa. Päätimme mennä Pariisiin ruokamatkalle 1980-luvun alussa. Olimme kymmenen päivää ja saimme asua Kimmon sukulaisten luona kaupungissa. Metro tuli tutuksi. Kävimme kaksi kertaa joka päivä syömässä erilaisessa ravintolassa. Pariisista löytyy kaikki maailman keittiöt. Ensimmäinen ateriamme oli japanilaisen ravintolan mustasienikastike ja riisi. Syömäpuikot olivat metallia. Ei helppoa syöminen.

Tutustuimme Pariisin nähtävyyksiin, Ecole Supe'rieure de Guerre'en, Louvren museoon, Montmartren kirkkoon ja Katakombien maanalaisiin hautakäytäviin. Niissä oli kuuden miljoonan ihmisen luut. Viikonloppuna kävimme Pariisin ulkopuolella vanhassa linnassa syömässä Kimmon sukulaisten kanssa viiriäistä. Kimmon sisar tarjosi kotonaan Roast biffiä. Paahtopaistia, toisen kerran hän tarjosi uunikania. Kaneja syödään Ranskassa kuten meillä broileria.

Kimmo aloitti opiskelun lukion jälkeen Turun yliopistossa, hän on asianajaja, oikeustieteen lisensiaatti. Kimmon vanhemmat olivat siirtolaisia. Hänen isoisänsä teki parhaan tattimuhennoksen tillillä ja kermalla. Asuin hetken ajan Kimmon opiskelija-asunnossa ylioppilaskylässä, kun muutin Turkuun töihin Iskulle.

Työskentelin 1984 kesällä Saksan Marburgissa talousalan harjoittelijana Monette GmbH´ssa. Yritys oli Nokian tytäryhtiö. Olin aiemmin ollut opiskelijaryhmän kanssa kaupungissa. Opiskelimme Saksan kieltä ja kulttuuria saman vuoden keväällä. Saksa oli oppikoulussa tuohon aikaan pitkä kieli. En saanut työharjoittelusta opintoviikkoja, koska kukaan muu ei ollut harjoittelussa. Harjoittelun vaatimat rahat tienasin itse. Matkaliput ja ruoka. Saksan valtio maksoi praktikantille tuhat DM kuukaudessa, sillä kustansi vuokran ja muun elämisen.

Kabelfabrik Monette GmbH´ssa minulla oli esimiehenä Herr Malek. Hän oli entisenä Syyrian ilmavoimien upseerina muuttanut Saksaan opiskelemaan. Syyria oli ollut noihin aikoihin sotatilassa Israelin kanssa. Syyriassa ja muuallakin arabimaissa oli ranskan kieli sivistys- ja diplomaattikielenä. Ranskassa opiskeltiin yliopisto-opintoja. Ranskan Ecole Supe´rieure de Guerre´ssa, Military Ecole on tuttu sotakorkeakoulu monille arabimaitten upseereille.

Marburg an der Lahn, Hessen

Herr Malek valitsi Saksan opiskelupaikaksi. Saksassa opiskelemaan pääsee suhteellisen helposti mutta yliopistosta putoaa kokonaan pois, jos ei selviä kolmannesta tentistä. Malek opiskeli Saksan kielen kahdeksassa viikossa. Kuunteli radiota, luki lehtiä ja puhui. Yliopistoihin pääsee sisään, mutta ensimmäinen opiskeluvuosi ratkaisee sen kuka saa jatkaa. Tenteistä pitää selvitä.

Gerald Neumann toimi Jugendaustauschin esimiehenä Marburgissa. Hän oli kaupunginlakimies ja sivutoimenaan johti nuorisovaihtoa. Kanssani asui amerikkalainen kansainvälisen politiikan opiskelija Wherdassa. Hänen opiskelunsa tähtäsi kansainvälisiin tehtäviin tai diplomaattiuralle. Wherda on Marburgin kaupunginosa. Isäntäperheemme vuokrasi huoneita talostaan opiskelijoille. Marburg on vanha kaupunki, jonka yliopisto on rakentunut entisen luostarin päälle. Talvisin asukasmäärä on kaupungissa kaksinkertainen.

Kiersin Monette-kaapelitehtaalla kuin saksalaisena harjoittelijana eri osastoilla. Olin sijoitettuna laskenta osastolle, jonka esimies oli Herr Malek. Mielenkiintoista oli oppia, miten erilaisten kaapeleiden hinta lasketaan. Laskeminen aloitetaan raaka-ainepörssistä. Kysytään kuparin päivän hinta. Insinöörit ja merkonomit laskivat.

Olin muutaman päivän töissä eräällä osastolla. En muista enää tehtiinkö siinä sisäistä tarkastusta vai muuta. Sen muistan, että sillä työskenteli viehättävä Heidi. Hän oli neiti-ihminen. Esitin että mennään joku kerta syömään. Se sopi. Gerald Neumann tuli mukaamme. Meillä oli hauska illallinen. Toisen kerran menimme Fräulein Heidin kanssa luonnontieteelliseen museoon. Tunnistin siellä villieläimiä saksalaisin nimin. Kuten das Eichhorchen, orava.

Heidi kertoi, että hänen perheellään on makkaratehdas, die Mezgerei. Siinä oli makkaratehtailijan paikka avoinna. Kerroin kuitenkin herrasmiehenä, että olin naimisissa ja perheessämme oli tytär. Aina kun näen Mersun, tulee mieleeni makkaratehtailijat sunnuntaiajelulla.

Minun piti viedä opiskelijaporukka seuraavana keväänä pääsiäisen aikaan Marburgiin Tanskan kautta linja-autolla. Ryhmä koostui Saksan kielen pääaineopiskelijoista. Käytiin kirjeenvaihtoa Saksaan, ja soitin puhelimella. Jostain syystä tuli niin vahvoja erimielisyyksiä toisen suomalaisen järjestäjäosapuolen kanssa, että päätin luopua hankkeesta. Matka toteutettiin, toinen henkilö oli tilallani matkanjohtajana.

Katuelämää Marburgissa 1980-luvulla

Tehdassuunnittelija

Aloitin tehdassuunnittelijan työn Turussa ministeriön Teollisuuspiirin yritysneuvojana 1980-luvun lopulla saatuani valmiiksi koulutukseni. Tutkinto on valtiotieteiden maisteri, taloustiede pääaineena.

Yrittäjyyskasvatus ja Aasia-ohjelmat olivat kehityksen alla. Yrittäjyyskasvatuksessa on otettava huomioon kurssilaisten ikä. He eivät ole tavallisia yliopisto-opiskelijoita. Aikuiskoulutettavien keski-ikä on 40 vuotta. Yrittäjä oppii eri tavoin. Kehitin yrittäjävalmennuksen 1990-luvun alussa. Se käyttää aikuisen elämänkokemusta hyväkseen.

Ensimmäinen Amerikan opintomatka

Kävin Kansainväliset operaatiot kurssin 1980-luvun lopulla. Kurssilla oli 25 kansainvälisestä työstä kiinnostunutta henkilöä. Kurssinjohtajana toimi Timo Kultanen. Timon erityisosaaminen on tunneälytaidot, esimiesvalmennus. Olin kurssin oppilaskunnan puheenjohtaja. Organisoin rahoituksen Yhdysvaltoihin; New Yorkiin, Miamiin, Cape Canaveralin avaruuskeskukseen ja Disney Worldiin. Matkalla oli mukana Pirjo Vuokko Turun kauppakorkeakoulusta.

New York

Matkan Avaruuskeskukseen ja Disney Worldiin ajoimme autoilla, Mercury Cougareilla, jotka noudimme Miamin lentokentältä. Lensimme takaisin New Yorkiin. Vierailimme siellä maisteri vihkijäisissä, heitä valmistui 3.000. Alla olevassa kuvassa osviittaa. Kävimme baletissa, teatterissa, Kansallis-Osake-Pankin konttorissa ja monissa muissa kohteissa. Jotkut vierailivat World Trade Centerissä. Itse kävin Empire State Buildingin huipulla, rakennus on korkeudeltaan 381 metriä.

New Yorkin tarjontaa

VAELTAJAN TYÖ

Reissut ulkomaille

Vaeltajan työn malliksi alkoi kehittyä liikkuva työ. Vein yrittäjäkurssilaisia Viroon, Saksaan, Pohjois-Amerikkaan. Telen johtajille oli yrittäjäkurssi 1990-luvun vaihteessa. Telellä oli 1990 vuonna noin 13.000 henkilöä töissä. Keskijohtoa edustavia henkilöitä oli nelisen tuhatta.

Aulis Salin oli tuohon aikaan Telen pääjohtaja. Hän tuli tehtävään ay-puolelta. Telen linja oli hänen aikanaan sellainen, että väkeä pitää vähentää, mutta irtisanomisiin ei saa mennä. Otettiin ihmisiltä työt pois. Töihin piti tulla mutta mitään ei saanut tehdä. Tuo linja oli testattu USA´ssa psykologien koulutuksessa. Ihminen kestää keskimäärin muutaman päivän tuollaista toimintaa. Jotkut henkilöt ottivat hengen itseltään.

Toinen keino saada Telessä aikaan uudistuksia oli yrittäjäkoulutus. Tämä oli hyvä linja valtionmonopoli yhtiössä, jonka työntekijät olivat poliittisin perustein tehtävissään.

Työvierailut

Ensimmäisen matkan kansainvälisille messuille tein lukioaikana Ruotsiin Set-Kaluste Oy´n ryhmässä.

Tein 1990-luvulla Viroon yrittäjämatkoja. Yhden tällaisen tuloksena syntyi Ikaalisten matkatoimisto, Juha Nurmilahti oli matkalla mukana. Hän oli silloin Ikaalisten Auton toimitusjohtaja. Teimme yrittäjäryhmien kanssa tapaamisia Haapsalussa, Tartossa ja Tallinnassa. Yrittäjät pelasivat yrityspeliä virolaisten kumppanien kanssa. Narvassa vierailin erään yhteistyömatkan takia. Entinen pankin esimieheni Kimmo Mäkinen alkoi valmistaa valettuja lyhtypylväitä ja lyhtyjä romuraudasta. Lyhtypylväitä varten sulatettiin kehruukoneita. Pylväille tehtiin puusta valumuotti.

Pariisiin tutustuin Kimmo Mäkelän kanssa 1980-luvulla. Myöhemmin neuvottelin arabi -yhteistyöasioista Pariisissa tunisialaisen Dhouha Allalin kanssa. Hän edusti First Sight S.A.R.L yhtiötä. Arabikevät vallankumous osui samaan aikaan.

Latviassa vierailimme Tampereen ammattikorkeakoululta projektipäällikkö Teuvo Sävilammin ja delegaation kanssa usean kerran. Timo Kirkko-Jaakkola oli isäntänä. Hän oli Pirkanmaan liitosta avustamassa Latvian liittyessä Euroopan unioniin.

Pohjois-Amerikkaan suuntautui useita työ- ja opintomatkoja. Yksi oli Kansainväliset Operaatiot -kurssin oppilaskunnan puheenjohtajana itäpuolelle. Ryhmässä oli 25 opiskelijaa ja matkanjohtajat. Telen johtajien yrittäjäkurssin opintomatka suuntautui Läntiseen puoleen Yhdysvaltoja ja Meksikoon. LMI Inc´n valmennusyhtiön vuosikokousmatkoja oli Havaijille ja Floridaan.

Professori Risto Harisalo oli vuoden tutkijana George Mason yliopistolla Washingtonissa 2000-luvun alussa. Tie yliopistolle vei Pentagonin rakennuskompleksin ohi. Kävimme hakemassa Riston Jari Stenvallin kanssa takaisin kotimaahan. Jari on nykyisin Harisalon seuraaja Tampereen yliopistolla. Johnny Kash oli professorina George Masonilla, hän vei meidät lounaalle sinisellä kuplavolkkarilla. Hän totesi, että hänet haudataan Kuplansa kanssa. Vierailimme Riston kanssa Arlingtonin sotilashautausmaalla, sisällissodan taistelupaikoilla ja Washingtonin laivastotukikohdan lähellä olevassa Heminway´s ravintolassa lounaalla maailman parhaalla rapukeitolla.

Yhdysvaltain Kongressin kirjastokortti.

Kongressin kirjaston käyttöluvan saanti oli iso operaatio. Tarkastus kesti pitkään. Kirjastossa oli maailman kirjallisuus. Eräs saksalainen tohtoriopiskelija sai tutkimusaineistonsa paremmin kuin kotimaastaan. Kirjallisuuden tilaus oli seikkaperäinen. Aineisto tilattiin kirjallisena ja tuotiin istumapaikalle. Mitään ei saanut kuljettaa kirjastosta ulos vaan se palautettiin virkailijalle. Yhdysvaltain Kongressi lienee maailman tarkimmin vartioitu rakennus.

Kirjastosta löytyi maailman sanomalehdet. Helsingin sanomat, isot maakuntalehdet ja Kauppalehti olivat saatavilla. Lehtipuolesta huolehti kookas, hyväntuulin tumma mies. Hänen kortissaan luki Big Daddy. Kirjaston aineisto mikrofilmattiin tuohon aikaan.

Kiinaan teimme vierailun Shenyangin kaupungin Jianzhu arkkitehtiyliopistolle Tampereen ammattikorkeakoulun delegaation kanssa. Mukana oli yrityskonsultti Erpo Heikkilä.

Sain kutsun vuonna 2006 tutustumaan Euroopan unionin toimintaan puolisoni kanssa. Kutsuja oli EU valtuutettu Hannu Takkula. EU virkamies Jussi Yli-Lahti kertoi delegaatiolle EU´n sopeutustyöstä. Merkittävin asia oli maatalous. EU´n jäseneksi ovat tulleet entiset Itä-Euroopan maat. Heidän maataloutensa ja teollisuus olivat kehittymätöntä. Tutustuimme tuolloin NATOn toimintaan. Brysselissä oli pysyvästi Suomen NATO suurlähettiläs, joka kertoi toiminnasta. Tänä vuonna liityimme Natoon.

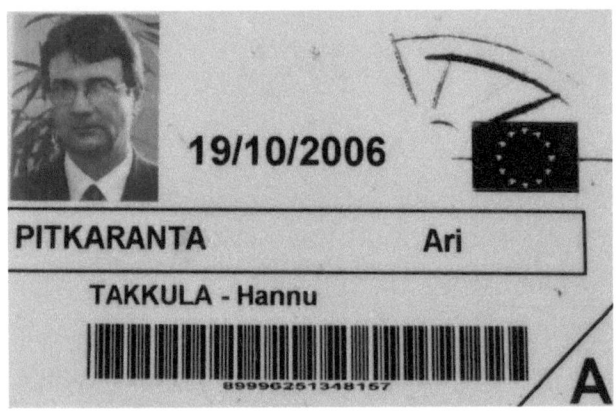

EU vierailijakortti

Saksassa vierailimme kolmesti Kölnin piha- ja puutarhamessuilla. Matkojen tarkoitus oli viedä messuille Pirkanmaalaisia yrityksiä. Messuille koottiin yrityksille esittely alueet ja avustettiin EU´n rahoituksella hankkeita. Konsultti Tapani Kaarlas oli hankkeissa ulkomaankaupan asiantuntijana.

Vierailimme Tapani Kaarlaksen kanssa eteläsaksalaisissa puualan yrityksissä ja Blumenmühlen luostarissa. Tapani oli toimittanut grillikotia luostarin puutarhaan. Sisar Agneta oli kysynyt myöhemmin, voisivatko he ostaa kotamallisen Juhlarakennuksen. Se toimitettiin. Myöhemmin luostarin puutarhaan rakennettiin toinen samanlainen juhlatila. Nyt oli omat juhlarakennukset munkeille ja nunnille.

Italiassa vierailimme Riminin puutuotealan messuille. Matkustimme Tapani Kaarlaksen kanssa junalla Milanosta Riminille. Tapasimme Tapanin liikekumppaneita messuilla.

Kosovo oli eksoottinen vierailupaikka. Kävimme Tampereen ammattikorkeakoulun delegaation kanssa tutustumismatkalla. Vihollisuudet olivat juuri tauonneet ja YK´n autoja oli pääkaupunki Pristinan pääkadulla joka kolmas. Oppaamme oli Antti Häikiö, pitkäaikainen rauhanturvaupseeri. Rakensin suunnitelmaa koulutustehtaasta Turun mallin mukaan. Lipljanin kylän ammattikoulu oli kylmillään. Neuvottelimme Erpo Heikkilän kanssa hankkeesta Pääesikunnan kanssa. Kävimme hernekeitolla suomalaisirlantilaisen taisteluosaston vieraana.

Japanin ja Etelä-korean vierailu mahdollistui Matti Vinhan opastuksella. Hän oli ollut aiemmin kaupallisena diplomaattina Aasiassa.

Tutustuimme rakennusalan kauppahuoneisiin. Maiden kauppahuoneet vastaavat taloudelliselta laajuudeltaan Suomen valtiota. Korean sodan jälkeiset kirpputorit ja basaarit olivat Soulissa Han joella. Matti Vinha sai korkean kunnianosoituksen työstään Suomen ja Etelä-Korean kaupan alalla.

Etelä-Korean suurlähettiläs Jorma Julin oli vieraanamme Turun yliopiston Kaukoitä projektin avajaistilaisuudessa keväällä 1994. Hän oli illallisella Hotelli Juliassa Ensio Romon kanssa. Sain kutsun aterialle, kun tulen Souliin. Soitin hänelle Soulissa 1995 ja kysyin että menemmekö lounastamaan. Menimme. Julin varoitti lounaspöydän vihanneksista, joistain saattaa tulla polttava jälkimaku. Polte pahenisi vain juomalla vettä. Olimme vielä yhteyksissä, kun hän seuraavana kesänä vieraili Turun yliopistolla.

Yritysten kehittäminen

Aloitin koulutuskeskuksessa keväällä 1989 Yhdysvaltain opintomatkan aikaan. Olin työskennellyt valmistumiseni jälkeen 1980-luvun loppupuolella valtionhallinnossa yritysneuvojana Turun toimipisteessä. Noihin aikoihin tietotekniikkaa ei ollut paljonkaan yrityksissä. Turun- ja Porin läänin alueella oli puolitoista sataa isompaa yritystä. Valtaosa yrityksistä oli pieniä tai pienehköjä. Kettutarhoja ja kalanviljelyslaitoksia. Taloudellinen kirjallisuus oli amerikkalaista ja se käsitteli yrityksiä suurina yksiköinä. Vaikka pienten ja keskisuurten yritysten osuus kaikista yrityksistä on valtaosa, mielikuva on ihmisillä isoista yrityksistä.

Julkiset työpaikat eivät olleet tuohon aikaan kiinnostavia. Elettiin loppuaikaa ennen tulevaa 1990-luvun talouslamaa. Rikkaus oli muotia, käytettiin Bossin pukuja ja olkatoppauksia. Velkaa työnnettiin yrityksille ja yksityishenkilöille, jopa ilman vakuuksia. Teollisuuspiirissä kävi pankin rahamyynnin päällikkö kertomassa, miten paljon tänään saatiin rahaa ulos. Yrittäjäkoulutus oli aluillaan. Pitkiä ohjelmia yrittäjille saattoi olla yksi vuodessa.

Tultiin 1990 -luvun puolelle. Akateemisten lamaa oli alkanut esiintyä, vaikka sitä ei virallisesti hyväksytty. Oli vallalla sellainen asenne, että akateemisten työttömyys on mahdoton asia. Yliopiston aikuiskoulutus sai armonaikaa toiminnalleen vähän kerrallaan.

Kun lamassa mentiin eteenpäin, oli koulutuskeskuksen työntekijämäärä yli kymmenkertaistunut. Aikuisopiskelijoita oli keskuksessa yhtä paljon kuin nuoria. Määrä läheni paria kymmentä tuhatta puolivälissä 1990-lukua. Vuonna 2023 kyseinen Koulutuskeskus Brahea suljettiin säästömielessä. Valtion rahat menevät vieraskielisille nuorille.

Yrittäjäkoulutusten ja isojen kehittämisohjelmien määrä tarkoitti, että koulutuksen suunnitteluun oli kiinnitettävä huomiota eri tavoin kuin ennen. Pelkkä valovoimainen ja innostava luennointi ei riittänyt.

Yrittäjyyskasvatus

Yliopistolla työni oli yrittäjäkurssien suunnittelua ja toteutusta Varsinais-Suomessa, Pirkanmaalla ja Hämeessä. Ensimmäisellä yrittäjäkurssillani 1980-luvun lopulla oli 78 akateemista luennoitsijaa. Kurssilaiset olivat käytännön yrittäjiä. Muutin kymmenet luennoitsijat kahdeksi valmentajaksi, toinen oli joko kokenut, yrittäjätaustainen insinööri tai ekonomi ja toiseen työhön valitsin psykologin.

Urheilussa oli menty henkisen valmennuksen saralla pitkälle 1990-luvun alussa. Pesäpallon kärjessä olivat Sotkamon Jymy ja Oulun Lippo. Toinen joukkue voitti vuorovuosina. Kuuntelin Kainuussa radio ohjelmaa, missä puhuttiin urheilijan henkisestä valmennuksesta. Psykiatri sai työpaikan.

Koripalloilija Michael Jordan harjoitteli korinheittoa nojatuolissa silmät kiinni. Hermosto saa liki samat ärsykkeet ja tulos on melkein yhtäläinen kuin fyysisessä harjoituksessa. Tein töitä laitoksemme oppimisen keskuksen kanssa. Sama laitos kehitti etäopiskelua, oppimista ja etäopetuksen suunnittelua. Teimme työtä yhdessä Pennsylvanian yliopiston kanssa 1990 alussa. Ohjaajamme oli professori Michael Monroe. Etätyö on menetelmiltään samanlaista kuin etäopiskelu.

Etätyön kehittämisen tuloksena vakuutusyhtiö Sampo lähti kanssamme koulutuksen kehittämistyöhön. Olin hankkinut jossain kohtaa 1990-luvun alussa Sammon johtajia neuvottelupalaveriin, mukana oli markkinointijohtaja Erkki Rae. Koulutussuunnittelijamme Merja Jalava siirtyi Sammon palvelukseen. Sampo vähensi matkustus- ja aikakuluja, koska koulutuksen saattoi organisoida puhelimen ja videon kuvayhteyden avulla omille paikkakunnille.

Yrittäjäkursseja suunnittelin ja toimeenpanin runsaat 20. Osanottajia kursseilla 25–45 henkilöä. Kurssit olivat pituudeltaan lukukauden tai lukuvuoden mittaisia.

Strategiakumppanit

Tapasin toimitusjohtaja Kyösti Karjulan ensimmäistä kertaa Parkanon kaupungin kesäpaikassa järven rannalla keväällä 1990. Elinkeinoasiamies Kari Kautto kutsui minut tilaisuuteen. Minulla oli ollut alueella yrittäjäkursseja; Kyrösjärven seudun yrittäjäkurssi ja Kankaanpää-Parkano yrittäjäkurssi. Puhuimme Kyöstin kanssa pitkään seuraavana päivänä puhelimessa. Tuosta päivästä alkoi vuosien yhteistyö ja vuosikymmenten kumppanuus.

Professori Risto Harisalon Tampereen yliopistolta tapasin Pohjois-Suomen Kehityskeskuksen kymmenvuotisjuhlassa vuonna 1993 Oulunsalossa. Tapaamisesta alkoi hänen kanssaan vuosikymmenten yhteistyö kehittämisessä ja tutkimustyössä.

Noihin aikoihin keskuksemme työhön tulivat mukaan suunnittelijoiksi Heidi Valtari ja Totti Salko. Olin mukana käynnistämässä RuokaSuomi-ohjelmaa. Eri puolilla Suomea järjestettiin avausseminaareja. RuokaSuomelle valittiin johtoryhmä. Heidi toimi sen suunnittelijana Turun yliopiston koulutuskeskuksessa. Maaseudun kehittämisessä. Oma toiminta-alueeni maaseudun kehittämisessä oli puutuoteteollisuus. Olin valtakunnallisen PuuSuomi-ohjelman alueryhmän puheenjohtaja Varsinais-Suomessa.

Olimme Totti Salkon kanssa työkavereita useita vuosia, yrittäjyyskoulutus yhdisti meitä. Turussa toteutimme jopa puuveneiden koulutuksen. Turun maalariammattikoululla oli osaamista puuveneistä. Muutoin puuveneiden tekeminen oli jäänyt muovi- ja alumiiniveneiden varjoon. Totti siirtyi ylipistolta yksityiseen liiketoimintaan. Hän oli aikanaan yksi Laitilan Virvoitusjuomatehtaan perustajaosakkaita. Ja on edelleen yrityksen toiminnassa mukana.

Pohjois-Pohjanmaan Kehityskeskus Oy'n toimitusjohtaja Kyösti Karjula 1993 Oulunsalo

Professori Harisalon kanssa oli niin paljon puhuttavaa, että olimme lähellä myöhästyä lentokoneesta. Vuonna 1993 aloimme pohtia uutta linjaa Suomen kansainvälisessä suuntautumisessa. Kyösti Karjula kutsui ryhmän ajattelevia henkilöitä laivaseminaariin. Mukana olivat Telen edustaja, yrittäjyysprofessori Arto Lahti Helsingin kauppakorkeakoululta. Opetushallitusta edustivat opetusneuvokset

Heikki Jarva ja Seppo Liljeström. Opetusneuvos Liljeström toimi myöhemmin Kemi-Tornio ammattikorkeakoulun toimialajohtajana.

Etupenkissä professori Risto Harisalo Tampereen yliopistolta ja itse edustin Turun yliopistoa

Elimme 1990-luvun alussa mielenkiintoisia aikoja. Neuvostoliitto oli kokenut taloudellisen ja poliittisen romahduksen. Ruplan arvo menetti merkityksensä, raaka-aineilla ei ollut sosialismissa hintaa, matkustus oli ilmaista ja puolustusbudjetti nieli sosialismin Kylmän sodan aikana puolet bruttokansantuotteesta.

Itä-Euroopan maat olivat itsenäistyneet. Mihail Gorbatshov puhui liennytyksestä. Uudistukset, perestroika – uudelleenrakentaminen ja glasnost – avoimuus rikkoivat suunnitelmatalouden ja toivat osuuskuntatoiminnan uudeksi yritysmuodoksi. Osuuskuntatoiminta ja ulkomaisten omistusten salliminen johtivat markkinatalouden syntymiseen Neuvostoliitossa.

Suomi oli kokenut 1990-luvun taloudellisen laman. Eräs syy oli neuvostokaupan loppuminen. Samaan aikaan syntyi uusia ilmiöitä maamme kehitykseen. Maassamme oli ollut pankkisektorin romahdus. Nopea tietotekniikan kehitys automatisoi sellaisia toimintoja ja toimialoja, joihin liittyi raha. Näitä olivat pankkitoiminnot, vakuutusala ja verotus. Monet toiminnot siirtyivät itsepalveluun. Samaan aikaan työttömyys oli huippulukemissa.

Ojensin yrityksen 10-vuotislahjana Turun yliopiston tervehdyksen. Se oli kuva Bengtskärin majakasta, joka ohjaa merenkulkijoita pimeillä ja karikkoisilla vesillä. Valo näkyy kauaksi.

Merkittävä kansainvälinen kehitysohjelma alkoi saada hahmoa. Se oli nimeltään Kaukoitä-projekti, Trade and Culture. Suomi oli syvässä lamassa ja kehittämisrahoituksen saaminen oli vaikeaa. Valtiovarainministeri Iiro Viinanen totesi asiassa, Suomella ei ollut luottokelpoisuutta kansainvälisten rahoittajien taholta. Ammattikorkeakoululaitos alkoi syntyä 1990-luvun alussa. Ensivaiheessa tekninen opetussektori sai väliaikaisen toimiluvan.

Ammattikorkeakoulun malli saatiin Saksasta. Se on täyttänyt 50 vuotta. Erona meidän opetusvalikoimaamme on se, ettei sairaanhoitajia kouluteta Saksan ammattikorkeakoulussa. Sana ammatti on jäämässä nimestä pois. Jää vain korkeakoulu.

Kaukoitä ohjelma

Yleisesti tiedettiin, että Suomen talous on menossa lamaan. Toinen puoli asiassa on miten selvitä lamasta. Meillä oli itseaiheutettu lama 1990-luvulla. Siihen oli useita vaikuttavia tekijöitä. Sisäisesti Suomi velkaantui, valuuttapohjaista luottoa syydettiin jopa ilman vakuuksia yrityksille, maanviljelijöille ja yksityishenkilöille. Kun markka devalvoitiin viisikymmentä prosenttia, velan määrä nousi yhtä paljon. Korko nousi valuuttapaon estämiseksi lähelle kahtakymmentä Itse maksoin tuon koron pahimmillaan. Konkurssien määrä läheni 1990-luvulla paria sataa tuhatta. Tilastoi Suomen Yrittäjät.

Neuvostoliitto romahti, sosialistinen järjestelmä luhistui Itä-Euroopassa. Suomessa hallitus, Aho ja Viinanen pyysivät ammattiyhdistysliikkeen yhteiskuntatalkoisiin. Puheenjohtajat Pertti Viinanen ja Per-Erik Lundh kieltäytyivät. Ammattiyhdistyksen jäseniä kiinnostaa vain palkankorotus, oli heidän vastauksensa.

Suomen ulkomaankauppa oli suuntautunut vaihdantajärjestelmän mukaan Neuvostoliittoon. Viennin osuus kasvoin 1980-luvulla neljännekseen koko Suomen viennistä. Tavaravienti oli kenkää ja vaatetta. Kauppa oli vaihtokauppaa. Suomen pankki piti clearing tiliä. Suomi sai YYA-sopimuksen mukaisesti maksuna aseita, lisäksi öljyä ja ajoneuvoja. Kuten Mossea ja Volgaa. Kommunismi oli uskontona maassamme laajoilla piireillä. Tilalle on hiipinyt vihreä uskonto. Sekin marxilaisperäinen

Suuren laman aikaan 1990-luvulla rakentui uudistuksia. Syntyi Saksan mallin mukainen ammattikorkeakoululaitos. Entisten opistojen tilalle. Tultaessa 1990-luvulle oli työelämän ja ammatillisen koulutuksen yhteys erkaantunut. Sitä ei ollut.

Oli luotava koulutuksen ja työelämän suhteet. Korjaamaan työelämän rakenteita. Koska ulkomaankauppamme haki uusia kohteita, synnytettiin elinkeinoelämän kehityshankkeita. Turun yliopiston täydennyskoulutus toimi erillisellä rahoituksella.

Aiemmin oli ollut yliopiston yrittäjäkursseja sadoille toimiville ja aloittaville yrityksille. Ne rahoitti valtio. Nyt edessä oli kokonaan uusi markkina Itä- ja Kaakkois-Aasia. Ryhmä aktiivisia vaikuttajia kokoontui 1990-luvun alussa. He päättivät kohteeksi Aasian; Kiina, Japani ja Etelä-Korea. Lähdettiin organisoimaan Kauko-Itä ohjelmaa, Trade and

Culture. Ajatus oli yhdistää orastavat ammattikorkeakoulut ja liike-elämä samaan hankkeeseen. Turun yliopistolla oli ohjelman johto, suunnittelu ja koordinaatio. Avausseminaari ammattikorkeakouluille ja yrityksille oli Turun yliopistolla maaliskuussa 1994. Tätä edelsivät rahoitusneuvottelut Opetushallituksen kanssa. Opetushallitusta oltiin purkamassa ja jopa lakkauttamassa samaan aikaan.

Minulla oli vaikuttava rahoitusneuvottelu pääministeri Esko Ahon kanssa Turussa. Olin hankkeen projektipäällikkö ja neuvottelin pääministerin ja hänen poliittisen sihteerinsä Jussi Yli-Lahden kanssa Turun keväisessä yritystapaamisessa. Seurauksena kolme yliopistoa ja seitsemän ammattikorkeakoulua saivat hankkeen esisuunnitteluun kehitysrahaa. Myöhemmin asian ympärille rakentui Suomeen Aasia verkostoyliopisto. Yliopiston professorina toimi Turussa 2000-luvun alussa saksalainen Klaus Mühlhausen.

Aasia projekteja syntyi käynnistyville ammattikorkeakouluille. Ohjelman alussa oli maassamme 12 ammattikorkeakoulujen avausseminaaria. Far East teemalla eri puolilla maata. Turun yliopiston Kaukoitä ohjelman puolelta oli itseni lisäksi alustajina näissä seminaareissa toimitusjohtaja Kyösti Karjula Pohjois-Suomen Kehityskeskus Oy'sta ja professori Risto Harisalo Tampereen yliopistolta.

Hanke synnytti maamme liike-elämän henkilöille koulutusohjelmia Kiinassa. Aasian kielten ja kulttuurin opetus aloitettiin Turun viidessä lukiossa. Pitkään opetus on ollut Turun peruskoulussa. Hanke oli esimerkki siitä, että syvä ja perusteellinen lama tuotti uutta. Yhteiskunta nousi kuin Feeniks-lintu tuhkasta. Yliopisto on tässä asiassa uskottava johtaja, sillä on poliittiset ja kaupalliset hekilöyhteydet. Se voi esiintyä ison yhteiskunnallisen ohjelman alkuunpanijana ja koordinaattorina.

Aloitin jatko-opinnot noihin aikoihin Tampereen yliopiston taloudellis-hallinnollisessa tiedekunnassa ja päätin ne myöhemmin Tampereen yliopiston Johtamiskorkeakoulussa. Aineistoa elinkeinoelämän uudelleen rakentamiseen kertyi matkan varrella eri hankkeista.

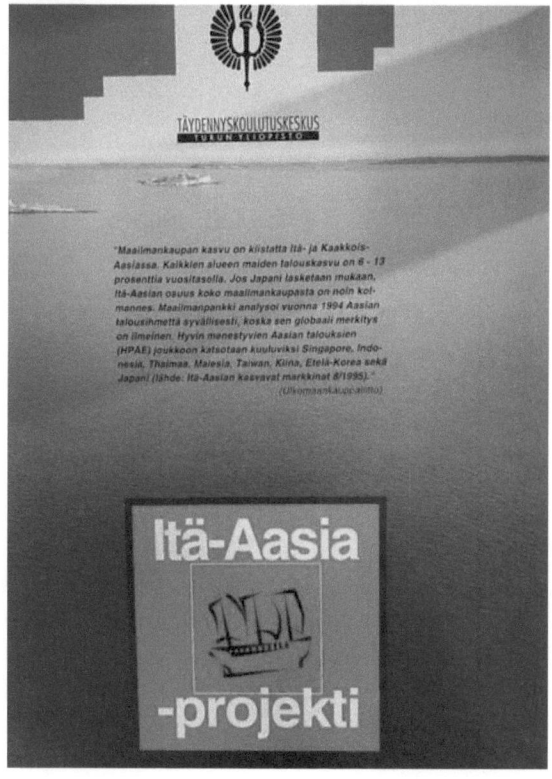

Kaukoitä-projektin logo

Kuukausia käyvin neuvotteluita Kaukoitä-ohjelman käynnistämiseksi. Samaan aikaan opetushallitusta oltiin lakkauttamassa. Turun yliopiston koulutuskeskukselle oli suullisesti myönnetty rahat niitten kulujen peittämiseen, joita kertyi syksyn 1993 ja alkuvuoden 1994 aikana. Ylijohtaja Heli Kuusi myönsi rahoituksen, vaikka se alun perin oli kertaalleen evätty. Vielä oli neuvotteluja jäljellä, jotta saatiin aikaiseksi ammattikorkeakoulujen käynnistysseminaari. Se oli Turun yliopistolla 1994 keväällä. Tämä ja myöhempikin aika oli henkilökohtasesti kuluttavaa.

Kaukoitä projektin logo

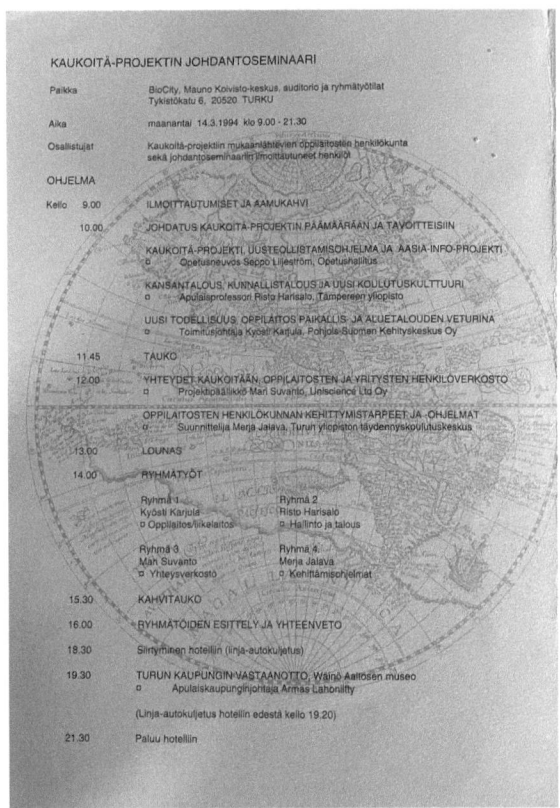

KAUKOITÄ-PROJEKTIN JOHDANTOSEMINAARI

Paikka BioCity, Mauno Koivisto-keskus, auditorio ja ryhmätyötilat
Tykistökatu 6, 20520 TURKU

Aika maanantai 14.3.1994 klo 9.00 - 21.30

Osallistujat Kaukoitä-projektin mukaanlähtevien oppilaitosten henkilökunta
sekä johdantoseminaariin ilmoittautuneet henkilöt

OHJELMA

Kello 9.00 ILMOITTAUTUMISET JA AAMUKAHVI

10.00 JOHDATUS KAUKOITÄ-PROJEKTIN PÄÄMÄÄRÄÄN JA TAVOITTEISIIN

KAUKOITÄ-PROJEKTI, UUSTEOLLISTAMISOHJELMA JA AASIA-INFO-PROJEKTI
□ Opetusneuvos Seppo Liljeström, Opetushallitus

KANSANTALOUS, KUNNALLISTALOUS JA UUSI KOULUTUSKULTTUURI
□ Apulaisprofessori Risto Harisalo, Tampereen yliopisto

UUSI TODELLISUUS: OPPILAITOS PAIKALLIS- JA ALUETALOUDEN VETURINA
□ Toimitusjohtaja Kyösti Karjula, Pohjois-Suomen Kehityskeskus Oy

11.45 TAUKO

12.00 YHTEYDET KAUKOITÄÄN, OPPILAITOSTEN JA YRITYSTEN HENKILÖVERKOSTO
□ Projektipäällikkö Mari Suvanto, Uniscience Ltd Oy

OPPILAITOSTEN HENKILÖKUNNAN KEHITTYMISTARPEET JA -OHJELMAT
□ Suunnittelija Merja Jalava, Turun yliopiston täydennyskoulutuskeskus

13.00 LOUNAS

14.00 RYHMÄTYÖT

Ryhmä 1 Ryhmä 2
Kyösti Karjula Risto Harisalo
□ Oppilaitos/liikelaitos □ Hallinto ja talous

Ryhmä 3 Ryhmä 4
Mari Suvanto Merja Jalava
□ Yhteysverkosto □ Kehittämisohjelmat

15.30 KAHVITAUKO

16.00 RYHMÄTÖIDEN ESITTELY JA YHTEENVETO

18.30 Siirtyminen hotelliin (linja-autokuljetus)

19.30 TURUN KAUPUNGIN VASTAANOTTO, Wäinö Aaltosen museo
□ Apulaiskaupunginjohtaja Armas Lahoniitty

(Linja-autokuljetus hotellin edestä kello 19.20)

21.30 Paluu hotelliin

Ammattikorkeakoulut kansainvälistyvät

Opetushallitus nimesi joulukuussa 1994 Kaukoitä pilottioppilaitoksiksi 10 oppilaitosta tai oppilaitosryhmää, joiden tarkoituksena oli suunnata kansainvälistymistään Itä- ja Kaakkois-Aasiaan.

Vuonna 1995 keväällä olin kutsuttu Turun yliopiston edustajana Münchenin Aasia Eurooppa seminaariin.

AKATEEMINEN YRITTÄJYYS

Lopetin yliopistolla vuonna 1996. Taannehtiva aika kaikkine uuden toiminnan suuntautumisineen ja samalla vanhan neuvostosysteemin lakkauttamisineen oli raskasta työtä minulle ilman kelloa koulutuskeskuksessa. En halunnut jatkaa, vapautin itseni normaalimpaan elämään. Sain Kaukoitä-ohjelmaan liittyvän Kiinan kaupan kurssin käynnistettyä. Kurssille sain 25 kiinan kielen taitoista henkilöä. Kiinnostuneita Kiinan kielten taitajia oli kolme kertaa enemmän. Olin aiemmin etsinyt harjoittelupaikkoja Kiinasta. Kävin vierailulla yrityksissä ja Kiinan suurlähetystön kaupallisella osastolla kiinalaisen oppaan kanssa. Hänen miehensä oli tekniikan tohtori, johtajana Nokiassa. Vaimo oli töissä Turun kauppakorkeakoulussa ja jatko-opiskelijana.

Kävi niin kuin ennenkin. Kun hätä on suurin, on apu lähellä. Sain yhteydenoton eräältä konsultilta, hän tuli yliopistolle vieraakseni erään kiinalaisen Mr. Zeyun Yangin kanssa. Kyseinen herra oli kiinalaisen suuryhtymän johtaja. Yhtymä edusti 18´aa toimialaa. Tein sopimuksen 25´n aikuisopiskelijan lähettämisestä Kiinaan puoleksi vuodeksi. Ohjelmassa oli työharjoittelua eri toimialojen yrityksissä, ja opiskelua Pekingin yliopistossa. Asunto ruoka ja matkustus kuuluivat sopimukseen.

Beiqija Industry & Euterprice Co. Generool Hronager, Li Bai Wan, Mar 1995

Tuolloin elettiin 1990-luvun laman jälkimaininkeja, suuryritykset ja suurlähetystöt olivat vähentäneet väkeä. Kiinan kielten taitoisia oli runsaasti tarjolla. Järjestin Turussa Marina Palacessa kurssin tiedotustilaisuuden. Paikalle saapui 65 kielitaitoista business henkilöä. Etsin itselleni seuraajan kurssin johtajaksi. Samalla tilalleni valittiin kolme henkilöä jatkamaan työtäni yliopiston koulutuskeskuksessa.

Turun yliopistolle tuli kesällä 1995 kiinalaisvaltuuskunta vierailulle. He pyysivät tavata minut. Olivat tietoisia Kaukoitä hankkeesta. Delegaatio kiersi Euroopassa. He olivat vastuussa Kiinan talouden uudistamisesta.

Kutsuin Turun yliopiston rehtorin lounastamaan kanssamme. Keijo Paunio oli tuolloin yliopiston rehtori.

Yrittäjäopettaja

Sain työtarjouksen Turun ammatilliselta aikuiskoulutuskeskukselta. Siellä oli meneillään puusepänteollisuuden yrittäjäkurssi. Tein töitä yrittäjänä Turun AKK'lle kaksi vuotta. En suostunut vastaanottamaan puusepänteollisuuden pääopettajan virkaa. Yrittäjänä sain olla itsenäisempi. Työhuoneeni oli verstaalla opiskelijoitten parissa.

Vanha puusepäntoiminta ja sen koulutus oli konkreettista Turun ammatillisessa koulutuskeskuksessa. Käytössä olivat vannesaha, tasohöylä ja sorvi sekä muut käsityökalut. Näillä välineillä joko yksi tai useampi puuseppä teki kokonaisen tuotteen tai suuressa verstaassa erillisiä työvaiheita. Työ oli samanlaista kuin se oli ollut sadat vuodet, ainoastaan sähkö oli uutta.

Nyt tietotekniikka toi mullistuksen. Esimerkiksi liimalevy tuli puusepänteollisuuden käyttöön laajamittaisemin 1990-luvun puolivälissä. Siihen asti sitä tehtiin omassa verstaassa kolmiopuristimella. Minkäänlaista alihankintaa ei puutuotealalla ollut. Ison Varsinais-Suomalaisen keittiökalustevalmistajan pihassa oli tuolloin tukkipino, josta jalostus alkoi.

Sain uudelleenrakentaa puusepänteollisuuden koulutuksen. Vanha puusepänkoulutus verstas oli ollut tyhjänä joitain vuosia ja vanhat Ammattikasvatushallituksen aikaiset venäläiset koneet kestivät niin kauan kuin vanhanmallisia sulakkeita riitti.

Sain hankkia uuteen puusepänteollisuuden koulutustehtaaseen ohjelmoitavan CNC-koneen. Ja koneelle puuseppien koulutuksen. Koneen käyttö perustui tietokone suunnitteluun. Puuseppien koulutus oli osin ATK-salissa. Asiakkaiksi tuli myös yrityksiä, niihin piti kouluttaa kalustesuunnittelijoita, jotka muuttivat voipaperille ja faneriin tehdyt rakennekaavat tietokoneen ymmärtämälle kielelle.

Turun Puujaloste Oy oli eräs asiakasyritys, se teki puisia portaita. Valmistus muutettiin mekaanisesta toiminnasta monitoimikoneelle. Kutsuin konetta kolmiulotteiseksi printteriksi. Vanhat puusepät olivat karheissaan, kun naiset hallitsisivat tekniikan ja tuotannon. Digitalisointia tehtiin 1990-luvun puolen välin tienoilla. Nämä taitekohdat ovat työn vallankumouksia.

Sakari Loukola

Ystäväni Sakari Loukola oli itse hankkinut Kinnulan tehtaalle tuolien valmistukseen monityöaseman ja hän osasi ajatella verkostomaisesti. Suunnittelijan työ voitiin tehdä paikasta riippumatta. Sakari oli ollut kursseillani opettajana koko 1990-luvun. Yrittäjyys oli se toimintamalli, jota työministeriö koulutushankkeissa rahoitti. Työpaikkoja ei juuri ollut. Työn vallankumous poisti mekaanisia työpaikkoja. Puuseppien työ digitalisoitiin ja se muuttui tietotekniseksi työksi. Tämä on kehittyvää verkostotaloutta. Verkostotalous on kehittänyt logistiikkaa.

Ohjelmoitavat työkoneet ovat tietotekniikan välityksellä yhteydessä toisiinsa.

Puutori

Puutori, johtamisen valmennusohjelma oli erilainen yrittäjyysprojekti. Siinä eri jalostusvaiheen tuotantoketjut näyttelivät suurta osaa. Mukana oli yli viisikymmentä yritystä, jotka edustivat erilaisia toimintoja jalostuksen vaiheissa. Alkupäässä oli puun sahaus ja kuivaus. Puutoria edelsi järjestämäni Vammalan kuljetusyritysten hanke.

Se lienee ensimmäisiä logistiikan alan kehitysohjelmia maassamme. Logistiikan kirjallisuutta ei ollut suomen kielellä. Mukana olevat yritykset edustivat jalostuksen eri vaiheita raaka-aineesta kuluttajalle. Yritysjohtajat kouluttautuivat verkostoajatteluun Oman Minän Johtaminen -ohjelmalla. Se on kansainvälinen Leadership Management International Inc´n johtamisen valmennusohjelma.

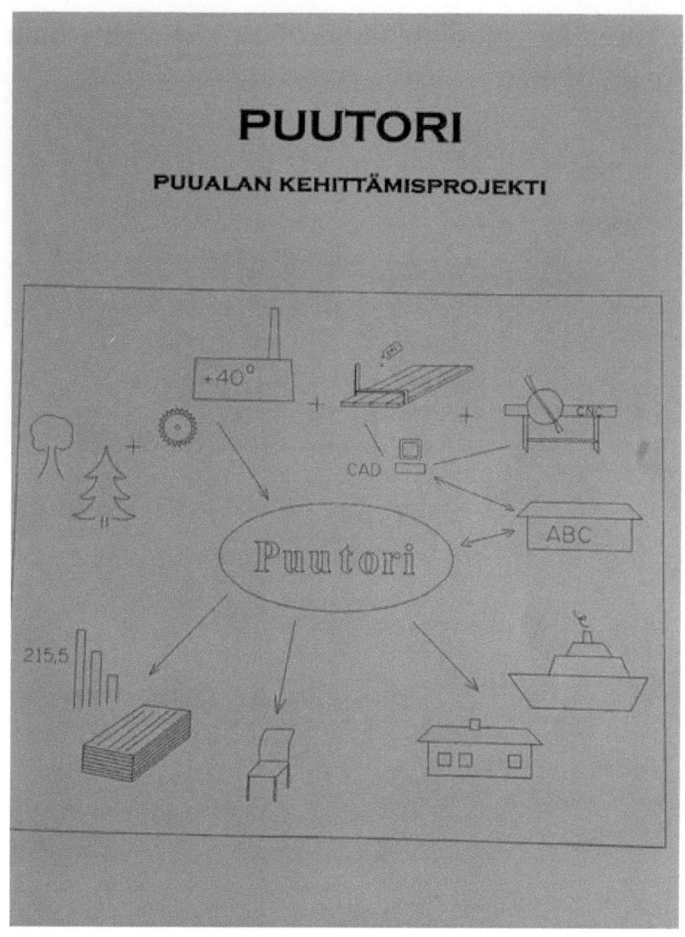

Puutori projekti Pirkanmaa 2000 luvun alku

Minulla oli tapana piirtää kuva työn alla olevasta kehityshankkeesta. Puutori kuva kaiverrettiin Turussa CNC-koneella puulevylle. Monitoimikone hankittiin Puutuoteteollisuuden koulutustehtaaseen. Sitä hallinnoi Turun ammatillinen aikuiskoulutuskeskus. Perustin tämän koulutustehtaan 1990-luvun lopulla. Tuotteet suunniteltiin tietokoneella ja tieto siirrettiin korpulla monitoimikoneelle. Se oli kuin kolmiulotteinen tulostin, printteri.

Ari Pitkäranta ja Seppo Lahtinen 2000

Tuomasmessut

Sakari Loukola kysyi minulta kerran 1990-luvulla, -Lähdetkö messuille? Vastasin. Aina valmis mitä likaisimpiin tehtäviin. Hän antoi osoitteen mihin kokoonnutaan. Perillä huomasin, että kyse oli Turun Tuomasmessuista. Liikemiesten lähetysliitto organisoi Tuomasmessut pääosin Mikaelin kirkossa. Joskus oli ulkoilmamessut. Erään kerran oli Tuomasmessut Liedossa. Juonsin ne. Osallistuin Sakari Loukolan kanssa toteuttamaan 13 kertaa messut. Kerran olin juontajana Messujen päätapahtumassa Mikaelin kirkossa Tuomaan päivänä. Kirkko oli täynnä. Pastori Lasse Vahtola oli Liikemiesten lähetysliiton toiminnanjohtaja. Olin jonkin aikaa Lähetysliiton hallituksessa, kunnes muutin Meri-Lappiin. Lähetysliito piti yllä lähetysasemaa Afrikassa.

Tuomasristi

Järjestimme Lassen kanssa muutamana kesänä seminaarin miehille teemalla; - Kun usko loppuu. Joillakin miehillä usko oli ollut loppua. Mukana oli liikemiehiä, virkamiehiä, poliitikoita ja maanviljelijöitä.

Puusepän poika. Puuseppä itsekin. Jeesus Nasaretilainen

Taulun kuva on Jerusalemin Pyhän Haudan kirkon lasimaalauksesta. Työstetty CNC koneella turun puusepänteollisuuden koulutustehtaassa. Yksi iso kuva oli ulkoilma Tuomas messussa Henrikin kirkon pihassa.

VIIDES TARINA

Viides tarina kertoo filosofisista ajattelun malleista. Filosofia on kaiken tiedon äiti. Mikä on ajattelumalli. Ajattelumalli on kuva todellisuudesta. Tämä tarkoittaa esimerkiksi kaupungin karttaa. CityMap sisältää kadut, raitiovaunu, metro- ja bussireitit. Kartta on kuva kaupungista. Tämän ajattelumallin avulla pystyy hahmottamaan kaupungin. Kokeilemalla ja katsomalla se ei onnistu. CityMap on luotu helpottamaan liikkumista paikasta toiseen.

Ajattelumalli on selitys, miten todellisuus on rakentunut ja miten se toimii. Ajattelumalli on nimitys mille tahansa kaaviolle, käsitteelle, uskomukselle tai vakaumukselle. Ajattelumalli auttaa ymmärtämään ympäröivää maailmaa.

Kukaan ei kykene kuvittelemaan tai ajattelemaan monimutkaisia ja muuttuvia asioita. Ajattelua helpottaa kuva. Toinen kaavio on vaatteitten tekemiseen suunniteltu kaava. Saksalainen Burda tekee parhaat vaatekaavat. Kaavaan on piirretty eri koot. Sain Heidiltä vinkkejä, hänellä on ollut lukuisia Berninoita ja ommellut lapsesta asti.

Ohjaajani Risto Harisalo kertoi; - Jos pystyt piirtämään asiasta kuvan, olet ymmärtänyt sen. MindMapilla voi hahmotella kuvan.

Ajattelumalleihin kuuluu käsitteelliset ilmiöt, kuten asenne. Se on yksi tärkeimpiä maailmaa ohjaavia välineitä.

Ajattelun rakennusmallit ovat minulle tärkeitä. Yhtenä ajattelun ohjausvälineenä toimii neuvo *"Päämäärää ei voi asettaa, se pitää löytää"*. Kun päämäärän on löytänyt se antaa reitin, mitä kulkea. *"Elämä on epälineaarinen"*. On hyvä pitää mielessä, että lineaarisia ovat vain valtion rautateitten aikataulut, jos nekään, kun ilmat muuttuvat. Maantieteellinen epälineaarisuus syntyy maanjäristyksistä, tulvista ja ilmaston muutoksista. Yhteiskunnallinen epälineaarisuus syntyy sodan, laman tai vallankumouksen seurauksena. Koska elämä ei etene suoraviivaisesti, on kolmas ohje pidettävä mielessä. Se liittyy oppimiseen ja innovaatioihin.

Teuvo Leppälä korjausrakentamisen parissa, Turku Uittamo

"Työ tekijäänsä opettaa", Teuvo Leppälä kirvesmies. Paulo Coelhon kirjassa Pyhiinvaellus on kohta, jossa hän kysyy itseltään; - Mitä minä

sillä miekalla teen. Miekkaa etsitään reitin varrelta. Mutta mitä sillä miekalla tehdään, on oleellista.

Kirvesmies Teuvo Leppälä opetti minulle rakennustöissä suuren viisauden. Jos ei ole tietoa, miten jokin asia pitää tehdä, on asiasta kokeneella ammattihenkilöllä jokin hahmo. Kun on kerran jonkin asian ratkaissut siitä jää malli. Tämä pätee korjausrakentamiseen. Tähän työhön ei ole aina piirustuksia tai rakennustapa ohjeita.

Puolisoni Heidi on kyvykäs lukemaan suurkaupungin julkisen liikenteen karttaa. Olen ajatellut, että tämä lukutaito ja liikkumistaito ovat seurausta erilaisten muitten karttojen osaamisesta.   Hän oli ollut nuorena ylioppilaana Tukholmassa siivoojana töissä ja opiskellut metrokarttaa. Se avulla työmatkat olivat sujuneet.

Hän on ommellut lapsesta saakka koneella ja käyttänyt siinä työssä vaatteiden kaavoja. Saksalaiset Burdan kaavat ovat parhaat. Lääketieteessä sekä hermosto että verenkiertojärjestelmä ovat kuin metrokarttoja. Niitten toimita on hyvä ymmärtää. kummatkin ovat logistiikan karttoja, jotain siirtyy koko aja paikasta toiseen tarkoituksella. Yhden rakenteen ymmärtäminen helpottaa toisen opettelua.

Asenne

Jungilaisen psykologian mukaan ajattelun peruskäsite on asenne. Kun tarkastellaan kirjoittamisen taitoja, niin oppiminen on etusijalla. Itsensä johtaminen on vanha asia. Aristoteleella oli filosofiassaan päämäärä - ajattelu. Päämäärä on isompi asia kuin tavoite.

Oppiminen etenee epälineaarisesti. Eräs suunnittelun malli on MindMap. Siinä asia kirjoitetaan keskelle ja ympyröidään. Tästä lähtee viuhkanomaisesti rönsyjä, jotka liittyvät käsiteltävään asiaan. Vähän isompi ajattelumalli on ajatuskartta. Se on hitaampi rakentaa, se on enemmän tutkimusmalli. Kirjoitetaan kaikki ne asiat reunoille, jotka liittyvät keskellä olevaan pääasiaan. Tämä käy esimerkiksi silloin, kun kirjoitetaan yrityksen alihankkijat ylös. Toinen on sukupuu, kun on kyse sukututkimuksesta tai perimysjärjestyksestä.

Työn aloittaminen

Aloittamisen kynnys saattaa tuntua korkealta, jopa ylitsepääsemättömältä. Omalla kohdallani kynnyksen ylittäminen helpottui. Käteeni sattui kirja: Howard S. Becker (1986)" Writing for Social Scientists". Kirjan nimi on suomennettuna kutakuinkin `kirjoittamisen taidot`. Hänen neuvonsa oli, että pitää oppia kirjoittamaan riittävän huonosti. Tämä saattaa tuntua eriskummalliselta. Neuvon viesti on kerrottu kirjassa myöhemmin. Älä yritä kerralla täydellistä, koska joudut kuitenkin kirjoittamaan tekstin kahdeksaan kertaan.

Tämä koskee erityisesti laadullista tutkimusta, koska siinä kirjoittaminen on yksi laadullisen tutkimuksen menetelmä. "Kun tiedät etukäteen, että tulet kirjoittamaan monia vedoksia, se on kuin seikkailu, tutkimusmatka, etkä ole huolissasi lopputuloksesta etukäteen" (Becker).

Valokuva on hyvä väline kirjoittamisen avustukseen. Valokuvaa voi analysoida historiallisesti. Se on tallennusväline nykyajan tapahtumille. Psykologit käyttävät valokuvaa terapian apuna. Poliisit käyttävät valokuvaa tutkinnan välineenä.

Valokuva on muistiinpano. Se ei korvaa kirjoittamista, muta valokuviin voi taltioida nopeasti tietoa ja tunnelmia. Usein valokuva toimii siten että tekstin voi kirjoittaa siitä auki.

Suikkilan korjausrakentaminen, Bergeninkatu 4

Suikkila

Suikkilan taloyhtiömme on puoli vuosisataa vanha. Suikkilasta tehtiin viihtyisä lähiö aikanaan. Suikkilassa asuu ihmisiä jopa kolmannessa sukupolvessa. Olen saanut taloyhtiön hallituksesta seurata kehitystä. Talot pitää korjata ja se maksaa miljoonia. Korjaamisen näkymä aiheuttaa vastustusta. Talon kokonais- remontointia vastustettiin ensimmäiset kahdeksan vuotta. Yhtiökokoukset olivat suoraa huutoa ja henkilökohtaisuuksia pommisuojassa. Päätöksentekoa paransi etäosallistuminen koronan takia kokouksiin. Vuosia muutama kovaääninen henkilö sai liikaa äänivaltaa, kun hanketta esiteltiin. myöhemmät kokoukset järjestettiin muualla kuin taloyhtiön pommisuojassa ja se helpotti asian viemistä päätökseen. Suunnittelu kesti pitkään, koska alussa suunnittelu kattoi koko talon järjestelmineen.

Päätimme että alkuvaiheessa taloon asennetaan hissit, korjataan julkisivut, muutetaan lämmitys maalämmöksi. Laitetaan katolle aurinkokeräimet.

Suunnittelu- ja päätöksentekojakso on ollut pitkä. Asukkaat kypsyivät ajatukseen, että talo on korjattava. Parasta Suikkilassa ovat asukkaat ja se, että talo on rakennettu kalliolle. On ollut ilo seurata hallituksen, isännöitsijän ja insinöörisuunnittelufirman työtä. Jopa hallituksen jäseneltä jää piiloon se miten paljon isännöitsijä ja hallituksen puheenjohtaja joutuvat tekemään työtä, joka ei näy. Yhtiössä on alla olevan kaltaisia persoonia, se edistää toimeenpanoa.

Erilaisia persoonia

Alla olevia karikatyyrejä on muodostettu Charles Handyn (1988) mukaan.

Zeus on yrittäjätyyppi. Tämän lajin henkilöt ajattelevat vaistonvaraisesti ja kokonaisvaltaisesti. He hahmottelevat nopeasti ratkaisun, kokeilevat toista, jos ensimmäinen ei toimi. He eivät erittele ongelmaa loogisesti. Zeus ihminen luottaa vaikutelmaan, hiljaiseen erittelemättömään tietoon eivätkä he piittaa raporteista ja analyyseistä. Ajattelu on kokonaisvaltaista, se ei rakennu osista. Ihmissuhdeverkostot ovat oleellisia. Yrittäjäluonne on kiihkeä ja malttamaton, päätöksenteko on spontaania. Sukareita ja salmeloita tarvitaan, jotta yhteiskunta uusiutuu.

Apollon on organisaatiohenkilö, häntä kutsutaan myös byrokraatiksi. Apollon on taiteiden ja harmonian jumala. Sitä symboloi kreikkalaisen temppelin päätykolmio, jossa kaikella on paikkansa. Apollonin työyhteisö on hierarkkinen ja tarkkaan roolitettu. Jokaisella toimijalla on asemapaikka, vakanssi ja siinä yhtä huolellisesti määritellyt tehtävät. Organisaatiotyöntekijän ajattelutapaan vaikuttaa se, kumpi aivopuolisko kehittyi ensin. Looginen ajattelu on useimmilla ihmisillä vasemmassa aivolohkossa. Vasen aivolohko toimii jaksottaisesti lineaariseen tapaan.

Kieli on esimerkki loogisesta ja lineaarisesta ajattelutavasta. Oikea aivopuolisko käsittelee rakenteita, havaintokokonaisuuksia ja keskinäisiä yhteyksiä. Oikea aivopuolisko käsittelee tunteita ja liikkeitä. Inspiraatiota ja luovuutta hallitsee oikea aivopuolisko. Ne, joille logiikka tuottaa vaikeuksia, voivat olla hyviä taiteessa. Tietojen ja taitojen kartuttaminen on oppimista. Näkemys sopii rutiininomaisiin, vakiintuneisiin toimintoihin.

Pallas Athene on uudistaja, hän toimii ryhmässä. Pallas Athene syntyi Zeuksen ohimosta täyteen sotisopaan puettuna. Hän oli heti valmis uusiin sotaprojekteihin. Pallaksen organisaatiot ovat tehtävä- ja suoritusorientoituneita Ongelmanratkaisu toimii silloin, kun erilaisten henkilöllisten kykyjen muodostama ryhmää yhdistää yhteinen päämäärä, tehtävä tai ongelma. Vapaiden ammattien keskuudessa ongelmanratkaisu toimii. Tällaisia tuotantotalouden ammatteja on markkinoinnin, tuotannon suunnittelun, tuotekehityksen ja kehitystyön parissa. Ongelmanratkaisijan on mahdollista hankkia pätevyys onnistumisten avulla.

Olen tehnyt Pallas Athene- ja Hermes työtä koko ikäni, uudistanut. Kirjoittanut ja liikkunut kansainryhmien välillä.

Dionysos on yksilötyöntekijä. Yksilötyöntekijä on vapaan ammatin harjoittaja, ongelmanratkaisija. Hän on esimerkiksi käsityöläinen, kapellimestari, tutkija ja taiteilija. Tätä kaikkea henkilö voi edustaa samaan aikaan. Työ tekijäänsä opettaa. Yksilötyöntekijä oppii luonnonmenetelmällä, uusien kokemusten kautta. Yksilötyöntekijä arvostaa vapautta. Yksilötyöntekijän ajankäyttö on kokonaisvaltainen. Yksilötyöntekijöitä ovat käsityöläiset, tutkijat, lääkärit, lakimiehet, arkkitehdit ja taitelijat. Viimekädessä kukaan yksilö ei ole puhdas jonkin mallin mukainen tyyppi. Kaikissa ryhmissä on piirteitä toisista. Monet yksilötyöntekijät tekevät ryhmissä työtä.

Aikuiskasvattajan työssäni oli tärkeätä oivaltaa, miten ihminen ajattelee.

Ajankäsitys

Ajankäsitystä on monenlaista. Kristityille uusi aika tulee oikealta ja menee vasemmalle. Islamilaisille uusi aika tulee edestä ja menee pään läpi taakse. Juutalaisille aika on jatkuva spiraali. Toistuvia aikakierroksia, jotka palaavat lähtöpisteeseen.

Väli-Amerikan Maya -kulttuurilla oli käytössään aurinkokello. Yleisradion toimittaja Kristiina Repo teki aikakäsityksestä oman versionsa 1990-luvulla. Vuosikello oli pyöreä, siinä oli vuodenajat. Vuosikello kulki erisuuntaan kuin vuorokausikello, joka etenee myötäpäivään.

Revon Aurinkokellossa joulu oli ylhäällä ja juhannus alhaalla. Pääsiäinen oli edestä katsoen vasemmalla. Tämän mukaisesti talvi ja muut vuodenajat sijoittuivat. Vanha maatalouskalenteri oli samantapainen, siinä aikaa katsottiin kunkin työvaiheen loppumisesta tähän päivään. Eli takaperin. Se on urakka-ajattelua. Paljonko aikaa on vielä jäljellä, kunnes työ on tehty. Maatalouden työt jakaantuivat eri vuodenaikoihin.

Nykyisenä aikakautena on ajateltu, että aika on tasajakoista – samanarvoista. Aikanaan ajateltiin, että aika hidastuu, kun mennään joulua kohti. Aurinkokalenterin mukaan kiivetään ylämäkeen. Keväällä aika nopeutuu ja tullaan alamäkeä. Tämä ajan hidastumisen ja nopeutumisen tunne johtuu valon määrästä.

Vanhaan aikaan vuoden tärkein työjakso oli kesä. Nykyisin kesä on loma-aikaa. Vaikka talvella on aikoja, jolloin ei ole töitä yrityksissä. Julkisen organisaation aikakäsitys ja työmäärät ovat erilaisia kuin yksityisen. Julkisella puolella aika on hallinnollista aikaa, tuotteet ovat ilmaistuotteita eikä niillä ole hintaa. Aika on suoraa viivaa kuin mittanauha. Kustannukset ovat, mutta niitä ei selkeästi tunneta. Koska julkisella puolella ei ole asiakasta, on vain ilmaisen palvelun edunsaajia. Asiakas on maksava ministeriö, valtio kuten hyvinvointi alueiden kohdalla.

Yksityinen organisaatio tekee asiakkaalle palvelua tai tuotteita. Niihin käytettävä aika ja muut kustannukset on tiedettävä. Ilman laatua yritystä ei ole. Muun muassa hoiva sektorille on tullut tuotteistus. Yksityiset hoivayritykset tuottavat palvelun edullisemmin koska niissä lasketaan kaikki kulut.

KUUDES TARINA

Kuudes tarina kertoo tohtoriopinnoista Tampereen yliopistossa. Tein opinnot työn ohessa. Aluksi opiskelin yrittäjyyden lisensiaattiopinnot. Niihin sisältyvät tutkimuksen tekemisen työvälineet. Kolme tutkintoa oli osa työntekoa. Koko aikuiselämän työ on ollut Pallas Athenen kaltaista työn uudistajan ja organisaation korjausrakentajan työtä.

Viimeisessä työssä suunnittelu on ollut pääasia. Se ei ole ollut minulle työtä vaan taidetta. Opiskeluakaan en kokenut opiskeluna vaan osana taiteellista luomistyöstä. Huonekaluliikkeiden rakentaminen ja somistus olivat 1970-luvulla taiteellista toimintaa. Samoin verottajalle kirjailijan taikka nikamanlaittajan työ on taiteellista toimintaa.

TOHTORIOPISKELU

Yrittäjänä toimimisen ja jatko-opiskelun yhdistäminen oli hankalaa. Hakeuduin palkkatyöhön Tampereen ammattikorkeakouluun. Aloitin 2000-luvun alussa työni kansainvälisen toiminnan kehityspäällikkönä. Aluksi tehtävänä oli hankkia yrityksiä piharakentamisen projektiin. Toinen työkenttä oli hankkia kuntien rahaa yrityksille. Piharakentamisen yrityksiä tuimme Kölnin puutarhamessuille

Rahoittajana oli valtio. Tampereella toimi kolme valtionhallinnon etäpäätettä. Aiempia kokemuksia minulla oli valtionhallinnon toiminnasta. Valtion hallinnolla on satavuotinen historia ja se tuntuu toiminnassa.

Kölnin tuomiokirkko

Autoimme projektissa Pirkanmaan seudun yrityksiä valtion ja kuntien rahoituksella osallistumaan tuotteineen Kölnin piha- ja puutarhamessuille 2000-luvun alkuvuosina.

Kiinan Shenyangin arkkitehtiyliopiston vararehtori oli Tampereen Ammattikorkeakoulussa vierailevana tutkijana. Sain tehtäväkseni suunnitella yhteistyötä Shenyangin arkkitehtiyliopiston ja Tampereen ammattikorkeakoulun kesken. Vierailimme yrityksissä, kunnissa, Eduskunnassa ja Kiinan suurlähetystössä.

Sovimme vararehtori Liu Jun'n kanssa, että tuon delegaation Suomesta vierailulle Shenyangiin. Löysin Cuihong Lin'n assistentiksi Kiina delegaatioon ja muuhunkin yhdystyöhön. Hän opiskeli Tampereen yliopistossa. Cuihong Lin'llä oli ennestään kaksi tutkintoa. Toinen Kiinasta ja toinen Suomesta.

Sain Cuihong Lin yhteystiedot kyselemällä. En aluksi tiennyt nimen perusteella onko hän mies vai nainen. Olin kertonut, että tarvitsen hänet töihin järjestämään matkaamme ja olemaan yhteydessä kiinalaiseen yliopistoon. Hän kysyi minulta, laskenko leikkiä. Sanoin etten koskaan raha- ja työasioissa.

Aluksi hän kieltäytyi olemaan yhteydessä korkea arvoisiin viranomaisiin Kiinassa. Se ei ole konfutselaisen filosofian mukaista. Samanarvoiset voivat puhutella toisiaan. Annoin käskyn, sinä olet sihteerini ja teet sen mihin sinut on palkattu. En osaa kiinan kieltä kuten sinä. Työt alkoivat.

Vierailu Kiinaan

Cuihong Lin organisoi Kiinan matkamme joulukuussa 2004 ja järjesti tapaamiset Jianzhu arkkitehtiyliopiston henkilöitten kanssa. Hän avioitui myöhemmin, sai lapsen ja hänen nimekseen tuli Jin-Muranen Cuihong. Hänen tämänhetkinen kouluttautuminen on muotoa; PhD Candidate of Social Science Scaling up Digital Environmental Education.

Jin-Muranen Cuihong

Kiinan matkamme tavoite oli avata arkkitehtiyliopiston ja ammattikorkeakoulun yhteistyö ja kansainvälinen opiskelijavaihto. Isompi haaste oli löytää kaupungista riittävän suuri tontti sadalle omakotitalolle. Talon tyyppi oli Town Village ja hankkeen nimi oli Pispala-Shenyang. Suunnittelussa oli myös uudenlainen asuinmiljöön infrastruktuuri. Se tarkoitti energia-, vesi-, sähkö-, ilmastointi- ja jätehuoltoa. Kiinalainen tapa rakentaa oli ottaa metrin verran maata pois ja tehdä tilalle moderni miljöö. Tuohon aikaan Kiina oli yhtä suurta rakennustyömaata.

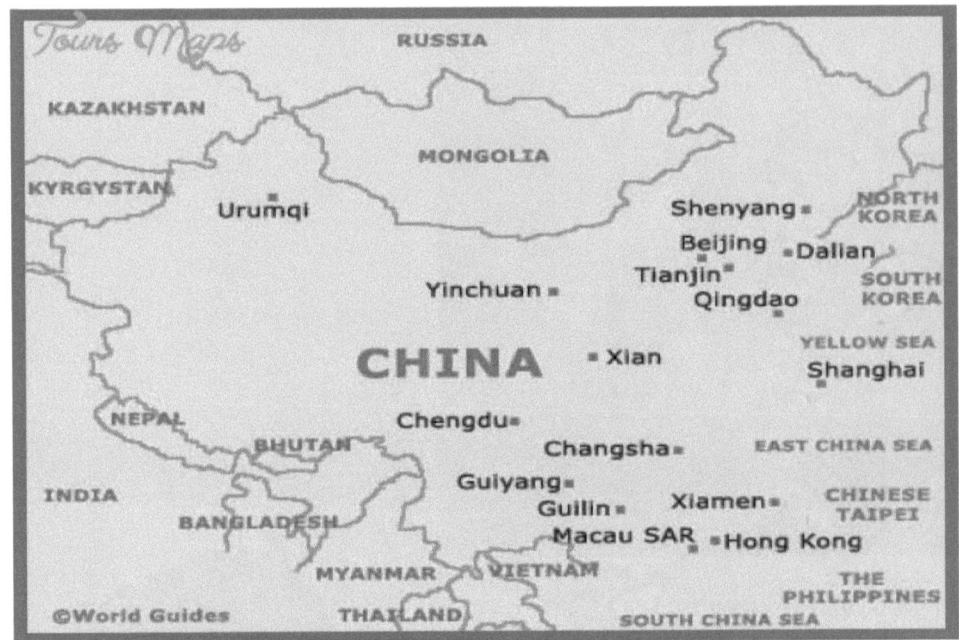

Shenyangin kaupunki sijaitsee 500 kilometriä Pekingistä koilliseen. Se on yli 8 miljoonan asukkaan kaupunki. Kaupungissa on uutta ja vanhaa.

Sain hallintotieteiden lisensiaatin tutkintoni valmiiksi 2004 Tampereen yliopiston Johtamiskorkeakoulussa; Luova yrittäjyys, nimellä. Sen tarkastivat Helsingin kauppakorkeakoulun edustajat. Arvosanaksi tuli "hyvät tiedot". Se on edellytyksenä tohtoriopintoihin siirtymiselle. Yrittäjyysprofessori Arto Lahti oli päätarkastaja.

Erilaiset yrityskultuurit

Yliopistossa esimiehet auttoivat työntekijää. Esimiehiä on vähän ja heillä on marginaalinen merkitys. Laitosjohtaja on tärkeä. Aivan samoin tehdään sairaalassa, ylilääkäri auttaa nuorempia kollegoitaan. Olin töissä kolmessa yliopistossa ja kolmessa ammattikorkeakoulussa. Noista työ- ja organisaatioympäristöistä minulla on hyvä kuva.

Opiskelin kotimaisten ja ulkomaisten yliopistojen kursseilla. Neljä tutkintoa opiskelin kotimaisissa yliopistoissa. Ulkomaisia yliopistoja oli Saksassa Marburg, Yhdysvalloissa Pennsylvania ja yksi intialaisperäinen, Maharishi University.

Maailmanjärjestys muuttui 1990-luvulla kotimaassa ja kansainvälisesti. Tietotekniikka teki maailmasta litteän, yhteydet lähenivät. Fyysinen liikkuminen väheni. Turun yliopiston Kaukoitä projektimme todensi sen, että pelkällä 1980-luvun mekaanisella ajattelulla ja matemaattisella taloustieteellä ei selvitty muuttuneessa kehittyvässä todellisuudessa.

Opiskelin kiinalaista ja intialaista filosofiaa. Heidän ajattelutapaansa piti ymmärtää, jos mielii Aasian markkinoille. Filosofiat ovat kaiken ajattelun taustalla. Neuvostoliitto oli juuri romahtanut. Heidän marxilainen filosofiansa ei toiminut käytännössä. Taloudessa eikä poliittisesti. Jostain syystä en ollut neuvostoaatteesta koskaan viehättynyt. Minua ei kiinnostanut myöskään Afrikka. Sen sijaan Aasia ja Arabia kiinnostivat, samoin Eurooppa ja Yhdysvallat.

Kansainväliset operaatiot -kurssi 1980-luvun lopulla antoi sykäyksen ajatella laajemmin. Vierailimme kurssin yhteydessä eri puolella Pohjois-Amerikkaa. New Yorkissa ja Floridassa, josta ajoimme autoilla Cape

Canaveraliin ja Disneylandiin. Kurssin aikana keräsimme työllä rahoituksen matkaa varten. Telen johdon yrittäjäkurssilla käytössä oli etäopiskelu. Opintomatkan teimme Pohjois-Amerikan länsipuolelle, Los Angelesiin ja San Franciscoon Kaliforniaan ja Meksikoon.

Intialainen Veda filosofia tai kiinalainen konfutselaisuus ovat vanhoja elämän rakennustelineitä. Ne vaikuttavat edelleen. Itämainen filosofia ei sisällä pelkkää tietoa vaan niissä on koko elämän sisältö. Kasvatus, perhesuhteet, lääkintä, ruoka, asuminen ja oppiminen.

Suomalaiseen työelämään vaikuttivat 1990-luvun lama ja Neuvostoliiton romahdus monella tavalla. Meidän viennistämme oli neljännes suuntautunut sotakorvausten avaamaa reittiä pitkin Neuvostoliittoon. Oli etsittävä uusia ulkomaankaupan väyliä.

Euroopan, Amerikan, Aasian ja Arabimaiden kulttuurit kaipasivat lisätuntemusta. Suomen Aasia tuntemus oli sen verran hajallaan, että 1990-luvun puolen välien jälkeen perustettiin Aasia verkostoyliopisto. Siihen liittyi Yliopistoja ja ammattikorkeakouluja. Nämä edustivat erilaisia kulttuuriympäristöjä. Verkostoyliopisto perustettiin 1996. Sopimus sinetöitiin korkeakoulujen ja yliopistojen rehtoreiden allekirjoituksin. Olin tyytyväinen, pitkä työmme oli tuottanut hedelmää. Oma osallistumiseni Aasia toimintaan oli ladun aukaisijan tehtävä.

Yliopistojen historia on Euroopassa pitkä. Se lähtee keskiajalta tuhat luvun alusta. Ensimmäiset yliopistot perustettiin Italiaan, Ranskaan ja Englantiin 1000-luvun lopulla ja 1100 luvun alussa. Euroopan lisäksi yliopistoja oli keskiajalla Aasiassa. Euroopassa ne olivat oikeustieteen, lääketieteen, teologian ja humanististen tieteiden opetuspaikkoja. Turkuun yliopistolaitos tuli 1632. Yliopistot ovat käyttäneet päähinettä opintojen symbolina. Euroopassa oli aluksi tohtorin päähineenä baskeri. Myöhemmin se muuttui hatuksi. Itse olen mieltynyt baskeriin.

Milloin yliopistot on perustettu. On vaikea määritellä. Ne ovat kehittynet kaupungistumisen myötä. Eri ammattikunnat tarvitsivat osaajia. Osaajien koulutus, maisterikoulutus piti sitoa kiltaan, ammattikuntaan.

Jotkut yliopistot kuten Marburgissa, ovat kehittyneet luostarin päälle. Luostarit ovat olleet keskiajalla innovaatiopaikkoja. Niissä on kehitetty tietoja ja taitoja. Kuten sairaanhoito, lääkkeet, liköörit ja oluet sekä kirjapainotaito.

Munkkiluostarin veljeskunta

Yliopistojen promootiolla on 800-vuotinen historia. Yliopistot ovat pomovoineet maistereita ja tohtoreita. Promootio tulee sanasta promovere, ylentää. Tampereen yliopiston promootio on vuonna 2025, olen harkinnut osallistua siihen. Aiemmin oli oikea tohtori vasta promootiossa vihittynä. Nykyään promootio on useampipäiväinen juhlallinen seremonia.

Shenyang sijaitsee Liaoningin maakunnassa luoteis-Kiinassa.

Yliopettajuus

Olin tutkijayliopettajana Meri-Lapissa Kemi-Tornion ammattikorkeakoulussa toimialana logistiikka. Opetin sekä tradenomeja että insinöörejä. Insinöörien oppiaine on logistiikka ja tradenomien liiketoiminta- tai markkinointilogistiikka. Käsitteet menevät helposti sekaisin. Logistiikka on kuljetusala ja liiketoimintalogistiikka on liikkeenjohtoa ja tuotantotaloutta. Näkökulma on erilainen. Markkinointilogistiikan näkökulma lähtee asiakkaan tarpeesta ja sieltä toiminta johdetaan tuotteeseen. Puhdas logistiikka on kuljetustaloutta ja sen johtamista.

Rakensin Kemi-Tornion ammattikorkeakoulussa uudenlaisen oppimismallin. Opiskelijat tekivät tutkivan oppimisen mallilla projekteja. Opintotilassa oli ryhmäpöydät ja neuvottelutila. Kuten yrityksessä. Oppimisessa käytettiin liiketoimintalogistiikan konseptisuunnittelua. Sekä aikuiskasvatuksen näkökulmaa.

Projektin vaiheet esiteltiin ensin neuvottelu pöydässä ja valmistuttua pienessä elokuvastudiossa. Kolmetuntisessa oppimisjaksossa oli kolme opettajaa samaan aikaan mukana. Studiossa sai liikkua välillä ja tehdä muuta. Seinillä oli vaihtuva taidenäyttely.

Olin Satakunnan ammattikorkeakoulussa yliopettajana. Satakunnan ammattikorkeakoulun Huittisten yksikkö oli lakkautusuhan alla 2000 luvun lopulla. Päätoimisia opiskelijoita haki keväällä runsas kolmekymmentä. Kiintiö oli sata. Aikuisopiskelijoita haki koulutukseen enemmän kuin kolminkertaisesti. Suhteet muutettiin, oppilaitoksesta tuli aikuisopetusta antava tutkintoon johtava yksikkö. Aikuisia koulutettiin merkonomista tradenomiksi.

Opettamisen ja opiskelun tekniikka oli osittain muutettava lähiopetuksesta etäopetukseen. Se vaatii uuden asennoitumien molemmin puolin. Opettaja joutuu suunnittelemaan enemmän oppimista. Opiskelija ottaa vastuuta omasta oppimisestaan. Suunnittelin uuden oppimisen tilan, kuten Kemi-Tornion ammattikorkeakoululle.

Opetin opinnäytteen tekemistä tutkinto-opiskelijoille. Tämä on vaikein kohta ammattikorkeakouluopiskelussa. Muut asiat ja tiedot voi opettaa, mutta opinnäytteen tekeminen vaatii omanlaista paneutumista. Jorma Panula opetti kapellimestareita mestarikurssilla. Miten ohjata opiskelijaa itsenäiseksi. Panula tiesi miten annetaan omatoimisuuden kehittyä. Ammattikorkeakoulun tutkintojen suurin ero aiempaan opistotutkintoon on opinnäytetyö.

Kirjoitin kaksi työkirjaa, joiden tarkoitus oli auttaa tekemään opinnäytetyö valmiiksi. Tutkinnon opinnäytteen saa valmiiksi tekemällä.

Seitsemäs tarina kertoo kirjailijan elämästä. Kirjallista elämää minulla on ollut kautta vuosikymmenien. Oppikouluun pyrittiin Suomen kielen kokeen avulla. Se tarkoitti, että koe oli ainekirjoituksen muodossa ja aineita kirjoitettiin kaksi. Matemaattinen koe oli erikseen. Matematiikka on kieli. Tykkäsin enemmän geometriasta. Oppikoulussa ainekirjoitus sujui, samoin lukiossa. Muut reaalikokeet piti tehdä kirjoittamalla, kielen avulla.

KIRJAILIJA

Minua on aina kiinnostanut, miten elokuva tehdään. Myöhemmin työssä projektisuunnitelmat kirjoitettiin kuin elokuvan käsikirjoitus. Käsitteitä skenaario ja projekti on käytetty elokuva-alalla. Skenaario on termi, jolla on tarkoitettu elokuvan tai näytelmän käsikirjoitusta. Onneksi jo 1980-luvulla oli tietokone ja myöhemmin tekstinkäsittelyohjelma. Käsikirjoitusta voi muokata miten haluaa.

Kirjailijan elämä

Olin kirjoittanut ammattikorkeakouluille tutkimuksenteko-oppaat. Molemmat kirjat olivat työkirjoja. Syy tutkimusoppaiden kirjoittamiseen oli sen aikainen heikko valmistuminen korkeakouluista."Ladullinen tutkimus opinnäytetyönä" ja "Innovaatio luo arvoa", ovat olleet sähköisessä muodossa. Sähköinen kirja ei ollut kymmenen vuotta sitten niin suosittu kuin nykyään. Kirjastolainauksia saa seurattua, koska niistä tulee ilmoitus sähköpostiin.

"Vatajan kylän mies Honkajoelta" kehittyi kirjalliseksi hahmoksi. Kirjoitin Face Book´iin lyhyitä juttuja lähes päivittäin. Kaiken kaikkiaan tarinoita kertyi satoja. Lukijani Mirjami Palmu ja Pertti Grönfors kehottivat julkaisemaan tarinat kirjana.

Asuimme Vatajan kylän mökissä Heidin kanssa. Julkaisin 2022 BoD´n, Books on Demand´in kautta kirjan Vatajan kylän mies Ari Honkajoelta ja kolme muuta romaania. SataKirja on merkittävä kirjojen myyjä. Kuvassa lisää.

BoD´n kirjakaupat.

Ensimmäinen romaani

Kirja *Vatajan kylän mies Ari Honkajoelta* on muistelukuvaus 1960 luvun lapsuudesta ja nuoruudesta Vatajan kylässä. Kun ikää tuli lisää laajentui reviiri ja kulkureitit pitenivät. Kirjassa liikutaan Honkajoen, Isojoen, Siikaisten, Noormarkun ja Kankaanpään ympäristöissä. Tehtiin töitä, käytiin koulua ja huviteltiin. Asuinpaikkakunnat laajenivat Tampereelle lukioaikana ja Turkuun huonekalukauppiaaksi.

Pysähdys tuli, kun 50-vuotias aluejohtaja, työkaveri sai Turun Iskussa sydänkohtauksen. Siitä tilanteesta syntyi opintien ajatus. Johtajanimike voidaan ottaa päivässä pois, tutkintoa ei voi riistää. Aluksi opiskelu oli takkuavaa, kun oppikoulu ja lukio tuli käytyä kolmella paikkakunnalla. Läksyjä en muista lukeneeni milloinkaan.

Vatajan kylän mies Ari Honkajoelta -romaani, 2022

Toinen romaani

Kirja kertoo *paluusta Joelle*. Asumisesta nykyajan Vatajan kylässä Honkajoella. Honkajoki on paikkakunta Pohjois-Satakunnassa. Paikkakunta koki sodanjälkeisen kasvun. Teollistumisen ja maatalouden koneistumisen kauden. Nousun jälkeen EU aikana seutu on pitänyt omavaraisuudesta kiinni.

Vatajan kylässä oli suuri romaniväestö 1960-luvulla. Siirtolaisia asettui kylään ja lähitienoolle asumaan sotien jälkeen. Kyläkoulu opetti sosiaalisuutta. Paikkakunnan kouluolot on olleet huippuluokkaa.

Oppikoulu oli uutta pienellä paikkakunnalla 1950-luvulla. Sen perään perustettiin lukio 1960-luvulla.

Paluu joelle -romani, 2023

Kirja on lähihistoriallinen muisteluromaani *Vatajan kylän miehistä ja ruuasta*. Muistelu kohdistuu siirtolaisiin, romaneihin ja kylän kanta-asukkaisiin. Ajanjakso on viime vuosisadan alkupuolelta viime päiviin. Elämä oli sosiaalista Vatajan kylässä. Kansakoulu yhdisti erilaiset asukas ryhmät. Kirjassa kuvataan muutaman suvun ja perheen vaiheita. Yksi suku muutti evakkona Hiitolasta Vatajan kylään ja lähiympäristöön, toinen suku oli romaneja ja muut suvut olivat Vatajan kylän kanta-asukkaita. Heistäkin osa oli lähialueilta tulleita.

Isoisän aikaiset perheet olivat isoja, heillä oli paljon sisaruksia, 14 lasta ei ollut poikkeus. Suuri voimain ponnistus kylällä oli Vatajankosken Sähkölaitoksen, padon ja sillan rakentaminen. Sähkölaitos on tuottanut sata vuotta virtaa kylään ja myöhemmin laajalle alueelle Pohjois-Satakunnassa. Yhtiön perustajina olivat Honkajoen ja Kankaanpään vahvat miehet.

Kirjan loppuosa on omistettu ruualle. Ruokaa on tarvittu, koska vanhana aikana työ oli tehtävä käsin ja hevosen kanssa. Kalatarjonnasta huolehti Laineen Martti, kalaMasa. Hän kävi aamuyöstä Merikarvian kalasatamassa hakemassa tuoreen myyntisaaliin.

Vatajan kylän miehiä ja ruokia -romaani, 2023

Neljäs romaani

Budapestin päiväkirjat -romaani kertoo asumisesta ja elämisestä Budapestissa keväällä 2023. Kirja on myös paluu Tonavalle, koska olimme vierailleet kaupungissa aiemmin. Matka toukokuussa oli ihanteellinen. Lämpötila oli myönteinen ja ajankohta oli sateeton. Kaupunki on suuri ja siellä on paljon nähtävää ja koettavaa.

Unkari ja Budapest tarjoaa kullekin vierailijalle mielenkiintoisia asioita. Kaupunki on täynnä historiaa. Tarjolla on ruoka- ja taide-elämyksiä. Matkustus on helppoa julkisilla välineillä. EU´n varttuneemmat kansalaiset matkustavat maksutta.

Maa on monin tavoin edullinen verrattuna muihin Euroopan maihin. Lento Suomesta kestää pari tuntia ja liikenne lentoasemalta kaupunkiin on sujuva. Unkarin kieli on erikoinen, mutta palvelualojen henkilöt ovat kielitaitoisia. Kun opettelee kolme sanaa unkariksi, huomenta, päivää ja kiitos, pärjää niitten avulla pitkälle. Hotellin henkilökunta tervehti suomeksi.

Tänä vuonna 2024 asuimme jälleen Budapestissä maalis-huhtikuussa. Asuimme Pestin puolella, viime vuonna Budassa. Asuntomme oli apartamentotyyppinen huoneisto.

Budapestin päiväkirjat -romaani, 2023

Avioiduimme Heidin kanssa 2019. Elimme pitkään paikallamme. Tein asuntoremontteja Teuvo Leppälän kanssa. Teuvon kanssa aloitin vuosia sitten. Aluksi korjasimme mökin sisältä, päältä remontoimme myöhemmin. Sisältä mökki purettiin täysin. Runko jäi paikalleen ja katto. Sitten aloitettiin korjausrakentaminen sisältä. Tupa, sauna ja keittiöosa muotoiltiin uudelleen.

Hieman myöhemmin jatkettiin kattoa molempiin suuntiin. Saatiin terassit ja katonalustaa. Pohjoiseen päähän tuli bioWC.

Mökki Jokiranta uudelleenrakennus vaiheessa 2013

Jokiranta huvila uudistettuna

Sinikka Aaltonen

Tutustuin Sinikkaan hänen olleessaan Kankaanpään hörhiäinen. Sinikka oli edustustyössään ahkera kuin mehiläinen. Edustuksia oli joka viikolle jopa useita vuoden aikana. Hän tapasi henkilöitä paljon Kankaanpään toripäivillä. Lapset saivat tarroja ja makeisia. Sinikka on suorapuheinen ja suoraluonteinen vieraanvarainen pohjalainen yrittäjä. Parturikampaaja, joka tekee montaa muuta toimea sen lisäksi. Merkittävä tapahtuma Honkajoella on ollut runsaat kymmenen vuotta Sinikan syyskonsertti. Se on toteutettu puolison Lassen, tukiryhmän ja tangokuninkaallisten kanssa. Konsertti on vetänyt monitoimitalo Honkalan täyteen väkeä. Parkkialueella on liikenteenohjaus.

Konsertti on onnistuneesti päättynyt, nyt voi Sinikka huokaista

Sinikka ja presidenttiehdokas Mika Aaltoila Isojoen markkinoilla 2023

Sinikka on aktiivisesti tukenut valtakunnan korkeimpia poliitikoita. Presidentti Niinistölle Sinikka hankki valtavan äänimäärän Honkajoelta ja Satakunnasta. Samoin tuotti Sinikan työ runsaasti ääniä presidenttiehdokas Alexander Stubbille. Kansanedustaja Jari Koskelan vaalityötä Sinikka ohjasi Satakunnan alueella. Olimme Heidin kanssa mukana vaaliryhmän tapahtumissa. Hannu Juhola grillasi maan mainiot makkarat. Äänestäjät tulevat mielellään makkaralle.

Sinikka ja sininen käsiveska

Sinikka on ollut minulle yksi ohjaajistani ja inspiraation lähde. Tukija.

KAHDEKSAS TARINA

Kahdeksas tarinani on nimeltään ajatelmia. "Mitä minä sillä miekalla teen"? Lainaus on Paulo Coelhon kirjasta Pyhiinvaellus. Miekan löytäminen Compostolan pyhiinvaellusreitillä ei ole päämäärä. Se ei ole päämäärä vaan välitavoite. Koulutus ja työkokemus ovat ajattelun työkaluja, jotka hiovat osaamista. Sitä miekka tarkoittaa. Työkalu on jotain varten. Tohtorin miekka oli aikoinaan puolustautumista varten, se on siviilivirkamiehen miekka. Se on tarkoitettu itsepuolustusta varten kaupungin pimeillä kujilla. Miekka kuvaannollistaa nykyisin ajattelun kehittymistä.

Suomessa koulutus on ilmaista, ollut yli puoli vuosisataa. Koulutus on ollut minulle ilmaista Suomessa kansakoulusta yliopistoon saakka. Kaikkialla ei ole näin. Monissa maissa maksetaan kymmenien tuhansien lukukausimaksut. Miekan haltijan on palveltava kansalaisia, koska yhteiskunta on lahjoittanut suuren panoksen koulutusta varten.

Suomessa on kirjastolaitos, josta olen saanut maksutta lainattua opiskelun kurssikirjat, tietokirjallisuutta ja viihdelukemista. Kummallakin on oma tarkoituksensa. Ikään kuin Kustaa Vilkunan kirja Työ ja Ilonpito.

Yhteiskunnallisen palvelutehtävän voi jakaa kahteen lohkoon. Koulutus tuottaa ammattihenkilöitä, joiden kutsumus on opettaa. Oppilaita ja opiskelijoita opetetaan kouluissa, korkeakouluissa ja yliopistoissa. Toiset saavat koulutuksen ja harjaantumisen avulla ammattitaidon. Heistä tulee ammattihenkilöitä, yrittäjiä tai johtajia. Jokaiselle löytyy se miekka, jota haluaa käyttää toisten palvelemiseen.

Kuvasin aiemmin erilaisia persoonallisuuksia. Persoonallisuustyyppejä on verrattu antiikin Kreikan jumaliin. Tämä helpottaa niitten mieltämistä yhteiskunnan tehtävissä. Persoonallisuusjako on karkea. Oleellista on, että jokainen henkilö on löytänyt ympäristön ja työkalut, joiden avulla työskennellä palvelutehtävässään.

Tänään on hyvä päivä. Tammikuussa 2009 oli jännittävää. Kello 12.10 olimme vastaväittäjäni Antti Syväjärven kanssa väitössalin oven takana.

Tampereen yliopistolla Antti kysyi, miltä tuntuu. Vastasin, ei miltään. Ei ole edes hiki. Antti vastasi, asia korjataan - kohta on

Arin tohtorin väitöstilaisuus on ohi

Vahtimestari avasi oven kello 12.15. Kävelimme peräjälkeen sisään saliin. Tilaisuus on muodollinen. Väitökseni aihe oli Epälineaarinen arvoketju. Aloitin seremonian yhteenvedon lukemisella. Esipuhe kohdistetaan salin yleisölle, se kesti 17 minuuttia. Tampereen yliopiston ohjeissa on tarkka selostus, miten väitöksen yhteenveto tehdään. Se pitää kertoa ääneen yleisölle eikä lukea. Lopeta vaikuttavasti, kuulijat muistavat. On ohje.

Antti Syväjärvi on ollut pitkään Lapin yliopiston rehtori. Ohjaajani oli professori Jari Stenvall Kustoksena toimi professori Risto Harisalo, silloinen hallintotieteen professori Tampereen yliopistossa. Ystäväni Kyösti Karjula Lumijoelta saapui tilaisuuteen. Pitkäaikainen yhteistyökumppani Seppo Lahtinen Hämeenkyröstä kuvasi päivän tapahtumat.

Väitöstilaisuus kesti kolme ja puoli tuntia. Kuten vastaväittäjä professori Syväjärvi lupasi, siinä oli hiostusta. Väitöksen jälkeen oli yliopistolla kakkukahvit yleisölle. Illan karonkka kesti puoleen yöhön. Tilaisuus oli hotelli Ilveksessä. Salissa oli ystäviä, sukulaisia ja hengenmiehiä. Kerran elämässä. Puheita oli paljon. Syötiin hyvin ja kohotettiin maljoja.

Tohtorin hattu ja miekka ovat välivaihe. Pyhiinvaellus, Santiagon tie Espanjassa vaelletaan jalan. Se on pituudeltaan liki kahdeksansataa kilometriä. Vaelluksen tarkoitus on löytää miekka, mutta oleellista on, mitä sillä saavutetulla miekalla tekee. Väitöstutkimus on pitkä, se on vuosien prosessi. Samalla tapahtuu ajattelun kypsymistä.

Jatko-opiskelu kestää eri pituisia aikoja. Yleensä tämä tähtää akateemiseen uraan. Saksassa on tohtoreita paljon liike-elämässä.

Lääkäreitä on perinteisesti kutsuttu tohtoriksi. Aina joutuu miettimään, mitä minä sillä miekalla teen. Ketä palvelen, ketä autan.

Ari Pitkäranta ja Antti Syväjärvi Tampere 23.1.2009. Vastaväittäjän kiitospuhe

Stressi

Ajattelen stressin olemusta. Stressi on meidän itsesäilytyksemme kannalta oleellinen mekanismi. Kun ajatellaan erityisryhmiä, esimerkiksi yrittäjiä, johtajia, opiskelijoita ja päivystäviä lääkäreitä, vuorotyötä tekeviä sairaanhoitajia, heidän elimistönsä joutuu koville. Unirytmi kärsii. Elämänrytmi vaatii palautumista. Liikuntaa ja harrastusta. Joskus käy niin että alkoholista tulee rentouttaja.

Stressi uuvuttaa

Keskustelin varttuneen aikuisopiskelijan kanssa, sain töniä häntä liikkeelle. Hän teki ylempää korkeakoulututkintoa työn ohessa ja sai sen päätökseen. Matkan varrella oli työn lisäksi monta kuormittavaa tekijää. Tunnollisena hän suoriutui kaikesta. Nyt liki vuosi tutkinnon valmistumisen jälkeen hän purkaa pitkäkestoista stressiä kehostaan. Uupumus hellittää uupumuksena. Elämiseen tarvittiin sitoutumista, koska eteen tuli kuolemanlaaksoja. Näitä opiskelija kohtaa.

Elämän epälineaarisuus

Ajatuksissani toimii elämän epälineaarisuus. Yhteiskunnassa pyritään siihen, että elämä olisi loogista suoraviivaista, ilman yllätyksiä. On elämänsuunnittelua ja elämänhallintaa. Olisiko parempi haaste elämän ymmärtäminen.

Antiikin kreikkalaisilla oli jumalia joka lähtöön. Muutama hahmo on tunnettu johtamisen ja hallinnon ikonina; Zeus, Apollo, Pallas Athene ja Dionysos. Kirjoitan heistä jokaisesta hieman. Charles Handy kirjoitti kirjan 1988, jota olen lainannut. Handyn luokitus on parasta mihin olen vuosien saatossa törmännyt. Hän esittelee hahmonsa inhimillisinä olentoina.

Yrittäjä

Zeuksella on vastineensa yrittäjätyypissä. Nämä henkilöt ajattelevat vaistollaan ja kokonaisvaltaisesti. He hahmottelevat ratkaisun nopeasti, kokeilevat toista, jos ensimmäinen ei toimi. Zeus luottaa vaikutelmaan, hiljaiseen tietoon. Zeuksella on käytössään ihmissuhdeverkostot. He ovat uudisraivaajia, sukareita ja salmeloita. Yrityksen kasvoja. Hermes on Zeuksen poika.

Zeus

Pallas Athenen luonteiset henkilöt tykkäävät ongelmien ratkaisemisesta. He ovat insinöörejä, lääkäreitä tai talouskonsultteja. Nämä uudistajat toimivat ryhmässä. Ryhmän toimintaa ohjaa yhteinen päämäärä, tehtävä tai ongelma. Ryhmä valitsee keskuudestaan johtajan. Ongelmanratkaisija hankkii pätevyyttä onnistumisien kautta. Suunnittelu, tuotekehitys, tuotannon kehittäminen ovat tehtäviä ja ammatteja.

Pallas Athene

Organisaatiotyöntekijä Apollo. Heille mielekkäin ja tehokkain organisaation muoto on byrokratia. Organisaatio on kasvoton. Työntekijät ovat tyypiltään koulutusmäärittelyjä. Aikanaan näitä pylväspyramideja edustivat pankit ja vakuutusyhtiöt. Johtaja on usein Zeus. Finanssimaailmaan tuli 1990-luku ja tietotekniikka ja itsepalvelu. Se korvasi inhimillisen työn. Armeijan, kunnan ja valtion organisaatiokaaviot edustavat pylväspyhimyksiä. Antiikin Kreikan pylväät symboloivat valtaa.

Apollo

Organisaatiokaaviossa on laatikoita ja viivoja. Laatikkoon sisältyy budjetti, asema ja palkkaluokka. Viiva edustaa alistussuhdetta. On alaisia. Kerran eräs tapaamani ylihoitaja ilmaisi tehtäväkentän, että hänellä on 178 alaista.

Vapaan ammatin harjoittaja

Yksilötyöntekijä on Dionysos. Hän on vapaan ammatin harjoittaja. Ammatteja on laaja kirjo; käsityöläinen, näyttelijä, kiinteistövälittäjä, myyjä, lääkäri, lakimies, arkkitehti, kapellimestari, tutkija tai taiteilija. Työ tekijäänsä opettaa, kuten Sakari Orava totesi ryhtyessään urheilukirurgiksi. Yksilötyöntekijä Dionysos oppii luonnon menetelmällä, uusien kokemusten kautta. Yksilötyöntekijä arvostaa vapautta.

Dionysos

Sama dionysolainen johtamisajatus koskee arkkitehtejä ja lakimiehiä. Mutta heillä ei ole legioonaa alaisia, kuten kunnissa tai alueilla voi olla alaisia sadoittain.

Nobelisti 2016 Bengt Holmströmin mukaan ratkaisu byrokratiaan ei ole tehostaminen vaan julkisen sektorin kutistaminen.

Olin vuonna 1987 henkilöstövalinta Mercuri Urvalin konsultin työhön testissä. Vanhempi konsultti Asko Honkaniemi tulkitsi tulokseni. Olet hyvä, kun tehtävät ovat harvoja ja syvällisiä. Sen jälkeen tein vuosikymmenet kehitystyötä ja uudistuksia. Innovaatioita ja jälleenrakentamista. Pitkiä ohjelmia. Byrokratia ei sopinut. Zeuksen, Pallas Athenen ja Dionysoksen tehtäväprofiili oli istuva. Uudistusyöt esiintyvät usein byrokratian rakenteissa. Vaikkapa tehdassuunnittelussa tai oppimisen uudistamisessa.

Viimeisten valtiopäivien avajaispuheen lopussa presidentti Sauli Niinistö puuttui kansantaloutemme tilaan. Taloudellinen tuottavuus on jatkanut laskuaan viimeiset 16 vuotta. Mikäli halutaan säilyttää työn tuottavuus, on keksittävä uusi tapa tehdä työtä. Idea on sama kuin taloustieteilijä John Alois Schumpeterillä, joka loi "Kapitalismin luova tuho -teorian". Vanhan on kuoltava, jotta uusi voi syntyä. Kuten vuodenaikojen kierrossa.

Sitoutuminen

Sitoutuminen on tärkeimpiä itsestäänselvyyksiä ihmisten elämässä. Ihmiset ovat syntyneet sitoutuneina. Sitoutumista ei tarvitse keksiä, vaan se on jokaisessa sisäänrakennettuna ominaisuutena. Sitoutuminen odottaa tulevansa löydetyksi. - Edellytyksenä on päämäärän löytäminen. Parhaita sitoutumista kuvaavia selityksiä sitoutumisen voimasta on kirjoittanut W.H. Murray. Hän oli toisella Himalajan tutkimusmatkalla.

Sitoutuminen

"Ennen sitoutumistaan ihminen aina epäröi. Tällöin on vielä tilaisuus vetäytyä takaisin, mikä on aina tehottomuutta. Kaikkia aloitteita ja luovuutta koskee perimmäinen totuus, jonka huomiotta jättäminen tekee tyhjäksi lukemattomat ideat ja suuret suunnitelmat: sillä hetkellä kun ihminen lopullisesti sitoutuu johonkin, kaitselmus puuttuu peliin. Tapahtuu kaikenlaisia avuksi tulevia asioita, joita ei koskaan olisi muutoin tapahtunut. Sitoutumispäätöksestä seuraa kokonainen tapahtumien virta, joka tuo ennalta arvaamattomia tapahtumia, tapaamisia ja aineellista apua, joita ihminen ei olisi voinut uneksiakaan saavansa" - W.H. Murray.

Sitoutuminen on käsitteenä voimakas. Kun sitoutuu tehtävään, tulee uusia asioita tukemaan eteenpäinmenoa.

Kuolemanlaakso

Pohdiskelin kahta asiaa, toinen on kuolemanlaakso ja toinen on edellä mainittu sitoutuminen. Kumpikin käsite esiintyy sekä yksityiselämässä että taloudessa. Kuolemanlaaksoa on käytetty kuvaamaan tilannetta, jossa uusi tuote menee aluksi hyvin kaupaksi. Uuden tuotteen ensi käyttäjiä ovat innovatiiviset propellipäät. Tämä on vaihe, jonka innovaatiot kohtaavat markkinoilla. Hipsterit ovat tärkeä, mutta pieni joukko. Kirjoitin aiheesta kirjassani Innovaatio luo arvoa (2015)

Kuolemanlaakso - Death Walley

Kauppa ei lähdekään iloisesti liikkeellä alun innostuksen jälkeen, vaan homma hyytyy vaikeuksiin. Tämä on tuttu tilanne yrittäjälle. Ellei varallisuutta ole jatkaa toimintaa syntyy putoaminen kuolemanlaaksoon. Keskeytys, lopetus, konkurssi.

Moni jatkaa, kun löytää ulospääsytien. Samanlainen tilanne kohtaa opiskelijaa. Hyvälle lukiolaiselle tulevat tentit takaisin. Opiskelijaa ei valvo kukaan. Hän johtaa itseään. Hän suunnittelee tekemisensä.

Itse kohtasin kuolemanlaakson jatko-opiskelijana. Tuli parin vuoden tauko. Kunnes piti ottaa lusikka kauniiseen käteen, kuten Seitsemässä Veljeksessä. He palasivat rippikouluun. Samoin tuli eteen kuolemanlaakso, kun yrittäjänä en jaksanut viedä raskaita jatko-opintoja eteenpäin. Kokemus sekin. Piti siirtyä toisenlaiseen palkkatyöhön.

Olen ohjannut henkilöitä, joiden korkeakouluopinnot ovat olleet telakalla. Lyhyessä ajassa opiskelija on saanut opinnäytteensä valmiiksi. Sekin jo auttaa, kun toteaa - Kyllä sä siitä selviät.

Olen joitakin kertoja todennut, ettei ohjaajan tarvitse tehdä paljoakaan, kun ohjattavan työ edistyy. Riittää, kun on kiinnostunut asiasta. Välillä voi kysyä miten työ edistyy.

Itsensä johtaminen

Rupesin pohtimaan mitä on itsensä johtaminen. Jokainen johtaa itseään. Harva on täysin johdateltavissa. Meillä Suomessa itsensä johtaminen - ajattelu kehittyi 1990-luvun laman jälkeen. Amerikka on yrittäjyyden maa. Sillä oli modernia liiketoimintaa kauan sitten. Sitä piti yrittäjän, kuten Henry Fordin, johtaa.

Yrittäjiä koulutettiin Suomessa valtion rahoituksella, koska se oli keino pois 1990-luvun suurtyöttömyydestä. Yrittäjyyttä ja itsensä johtamista tarvitaan kaikilla toimialoilla.

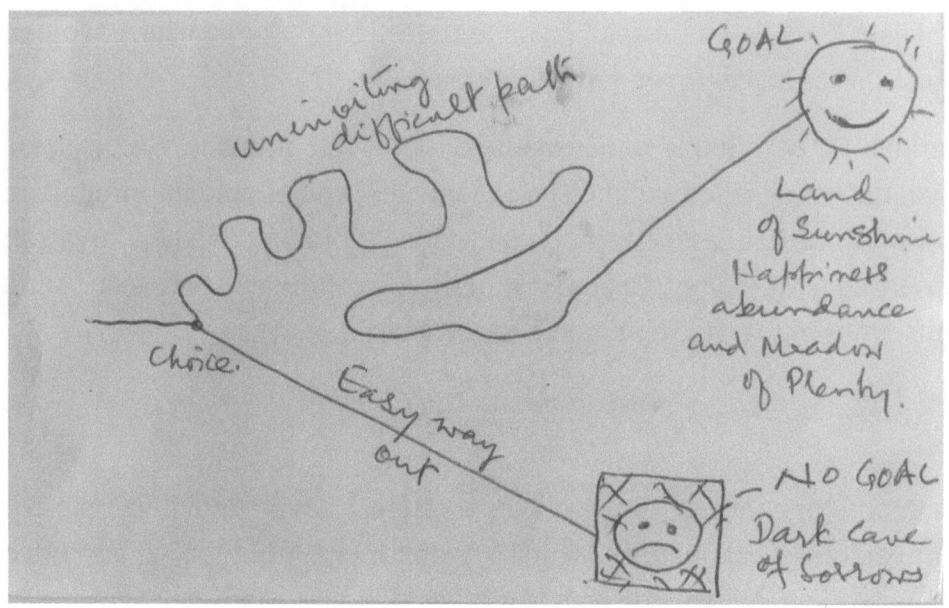

Itsensä johtaminen – valinta, kuvan viesti on ymmärrettävä.

Choice= valinta, Goal=päämäärä, No Goal= ei päämäärää, Easy way out= helppo tie ulos, Difficult path= vaikea tie. Land of sunshine, happiness, abundance and meadow of plenty= onnistunut versio. Dark cave of sorrow= huonompi vaihtoehto.

Kuva on paljon puhuva. Heidi suomensi sanoja. Sain sen neljännesvuosisata sitten Yhdysvalloissa Kaliforniassa. Sen piirsi intialainen siltainsinööri. Hän valmensi yritysjohtajia kuten minäkin. Olimme valmennusyrityksen vuosikokouksessa.

Yrittäjän hyvä ominaisuus on kyky nähdä tulos valmiina jo ennen aloittamista. Tämä ominaisuus on kirvesmiehellä, jonka kanssa olen tehnyt korjausrakentamisen hankkeita. Syntyy vähän virheitä tai ei lainkaan, ajankäyttö sekä suunnittelu ovat luontaisia. Toinen ammattimies tekee järven turpeenottopaikalle.

Markus 11:24 Niinpä minä sanon teille: Mitä ikinä te rukouksessa pyydätte, uskokaa, että olette sen jo saaneet, ja se on teidän. Sitoutuvan henkilön tueksi tulee odottamattomia voimia. Näitä kuvataan kansansaduissa kuten Tuhkimo. Hiiret auttoivat. Sanotaan, että Kaitselmus ohjaa. Itse on tehtävä toinen puoli.

Luovan työn väline

Itselleni erinomaiset luovan työn välineet ovat kynä ja paperi. Alkuvaiheessa kannattaa välttää tietokoneita. Niitten aika tulee myöhemmin. Oleellista on löytää motivaation alkupää.

Tuttavani Sakari Loukola kirjoitti taannoin kirjaa "Puusta Pitkään – puutuotteiden suunnittelu ja valmistus". Hän kohtasi mainitun kuolemanlaakson. Siitä ei millään tahtonut päästä nousemaan pinnalle jatkamaan työtä. Muistan keskustelun, jota kävin.

Sakari kertoi, "minulla on edessäni kopallinen aineistoa, mutta puuttuu punainen lanka". Totesin hänelle, että "mikset laita kirjaa samaan muotoon kuin tehtaassasi, missä puu kulkee linjan läpi tuotteiksi". Yksi lause avasi padon ja työ jatkui seuraavaan vaiheeseen asti, jolloin syntyivät myöhemmät näkemykset ja kokonaiskuva. Loppuvaihe on pelkkää kirjan rakenteen muotoilua ja viimeistelyä. Hän sai teoksellaan tietokirjailija nimikkeen.

Päämäärien asettaminen, päämäärä pitää löytää

Ajattelin kapitalismin olemusta. Kapitalismi toimii suhdanteiden kanssa kuin vuodenajat. Talouden historia osoittaa, että maailmassa on ollut katastrofeja neoliittiselta kaudelta tähän päivään. On ollut sotia, maanjäristyksiä, tulvia ja tsunameita. On ollut sammakoita, heinäsirkkoja ja sisiliskoja. On ollut poliittista terroria ja diktatuureja.

Sodan raunioitten keskeltä nousee Feeniks lintu tuhkasta. Maa alkaa kukoistaa. John Alois Schumpeter (1883–1950) loi yrittäjyyden talousteorian. Idea on siinä, että parempi tekniikka korvaa vanhan. Tällä tarkoitetaan sitä, että vanha rakenne tuhoutuu uuden ja paremman tieltä. Luovan tuhon tehtävä on ylläpitää kapitalismin elinvoimaisuutta.

Aloitin pankissa 1980, valuutanvaihto tehtiin nauhalaskimella. Vuonna 1990 ei ollut pankeissa vieläkään tietotekniikkaa, oli paljon konttoreita. Nopeasti tietotekniikka syrjäytti henkilötyövuosia. Alalta poistui hetkessä 25.000 toimihenkilöä. Veroilmoittelu muuttui samaan aikaan veroehdotukseksi ja myöhemmin sähköiseksi malliksi, olin tuossa hankkeessa yliopistolta mukana.

Vanha kirjoituskone

Elinkeinoelämä uusiutuu luonnollisella tavalla, ellei sen toimintaan puututa liikaa. Julkiselle puolelle syntyy luonnottomia monopoleja.

Schumpeteriläinen talouskasvu edellyttää aiemman teknologian häviämistä. työn ja tekniikan rakennemuutoksia. Ne johtavat uuteen ajatteluun ja teknologian hyödyntämiseen. Taiteilijat näkevät tulevaisuuden.

Kapitalismin luova tuho ja varhainen tietokone

Rupesin miettimään pyhän kunniaksi vanhan ajan elämää. Työ ja ilonpito on Kustaa Vilkunan teos. Miten isät ja isoisät selvisivät arjestaan. Suomi oli maatalousyhteiskunta aina 1970 luvulle asti. Olen syntynyt 1955 joten mailla eläminen, työnteko ja ilonpito on tuttua. Pyrin oppikouluun 1966 ja sinne selvitin reittini Suomen kielen kokeella. Aine oli talkootanssit.

Opettaja Mirja Räihä tykkäsi tyylistäni. Se kertoi perunannosto talkoiden jälkeisestä ilonpidosta Syväojan talossa Vatajan kylässä.

Talkootansseissa oli gramofoni. Juho Inkinen veivasi kappaleita puoleen yötä. Hän oli karjalainen, lupsakka siirtolainen Hiitolasta. Ruoka ja sahti kuuluivat ilonpitoon.

Työ ja ilonpito

Monet työt tehtiin maaseudulla vanhaan aikaan kylän töinä. Naapurit auttoivat toisiaan. Kyläyhteisössä oli vastuunottoa töiden tekemisestä, sitoutumista ja naapuriapua.

Vanhoissa työjuhlissa ei ollut ohjelmia, osallistujat loivat ohjelman. Kylän työjuhlissa oltiin laajalti mukana. Talkoot ovat osoittaneet naapureitten auttamishalun. Kun talkoita juhlittiin työn päätyttyä, niin ruoka ja juoma toivat iloisen mielen. Hiertävät asiat ratkottiin. Talkootöitä oli vuoden kierrossa polttopuiden teko, heinätyöt, viljan leikkuu ja puinti, perunan nosto ja keväinen karjanlannan levitys.

Meillä kotona oli kevättalvella suojalumen painosta uuden navetan katto romahtanut. Äiti komensi minut kylän myllylle. Isäni oli Meilahden sairaalassa leikattavana. Isännät jauhattivat tuona päivänä leipäviljaa. Sain kattotalkoisiin kylän miehiä apuun ja katto tuli kunnostettua. Sen aikaisilla maaseudun miehillä oli monia taitoja.

Heinän kuljetus latoon käryillä, äiti kärryillä, Irma täti, isä, Marja-Liisa ja Anitta

Ajan olemus oli minulle tärkeä logistiikan opiskelijana. Tutkin ajan historiaa neljä vuotta. Pohdiskelin syksyn ja talven vaihdosta. Joki on muuttunut kiukkuiseksi. Myrskyää pitkin maan piiriä. Tämä on sitä aikaa, kun tontut ovat kuuntelemassa miten talonväki on syksyn työt tehnyt. Viljat ja perunat ovat laarissa. Kekriaika on alkanut. Kekriaika alkaa Mikkelin päivästä ja loppuu pyhäin miesten päivään.

Kekrin juuret ovat vanhassa eurooppalaisessa maatalouskulttuurissa. Maatalouteen liittyvä vuodenkierto ja maailmankuva on yhdistänyt koko Euroopan. Sadonkorjuun juhlinta on maanviljelyskulttuureiden perinnettä. Vuodenkiertoon perustuvassa aikakäsityksessä uusi vuosi alkaa siitä, mihin edellinen satovuosi päättyi.

Entisaikaan kun pellot olivat pienemmät ja väkeä oli enemmän, saatiin syystyöt valmiiksi Mikkelin päivään mennessä. Talvi saatettiin aloittaa 14. marraskuuta. Loka-marraskuun taitteeseen sijoittui aurinko- ja kuuvuoden tasannut kahdentoista päivän mittainen jakoaika. Se oli tavan mukaan aika, jolloin työväki saattoi vaihtaa pestuupaikkaa. Aloittaa uuden isännän palveluksessa.

Vanhassa maailmassa seurattiin ajan kulkua kuun vaiheista. Ei ollut vielä aurinkovuoteen perustuvaa kalenteria. Vanhan ajan työkalenterissa oli merkitty milloin mitkin työt vuoden kierrossa tehtiin ja milloin ne piti olla valmiit.

Tämä aikakausi oli ennen sähkövaloja. Vatajan kylän miehet rakensivat Karvianjokeen padon Haapakoskeen. Ja sen alapuolelle sähkötehtaan. Tuolloin muuttui kalenterin käyttö maatalouskalenterista auringon kiertoon perustuvaan kalenteriin. Uusi vuosi alkoi talvipäivän seisauksen jälkeen. Joulusta muodostui vanhan vuoden kohokohta. Syötiin, juotiin ja iloittiin.

Sähkövalo muutti työn tekemisen rytmin. Vielä viime vuosisadalla vanhat ukot saattoivat viinaryyppyä ottaessaan sanoa ottavansa "silmänkirkastusta", mutta silmänkirkastuspäivän viettäminen 11.9. juontaa juurensa aina 1500–luvulle, kertoo Kustaa Vilkuna kirjassa Työ ja ilonpito. Tasauspäivänä syksyn merkiksi sytytettiin käsityöläisverstaissa kynttilät ja lyhdyt ja ne paloivat aina kevätpäiväntasaukseen maaliskuun 12. päivään saakka.

Sähkövalo teki ajasta tasajakoista, kun pimeä voitettiin keinotekoisesti. Useat henkilöt kärsivät nykyään kaamosmasennuksesta. Ihminen on irrotettu sähkövalolla luonnon rytmistä. Eläminen luomakunnassa perustuu auringon valoon ja kuun rytmiin.

Syksy ja Heinäjärvi Vatajan kylä 2022

Kekri sadonkorjuun juhla

Jouluun valmistautuminen alkoi vanhaan aikaan elokuussa. Aikaisemminkin, ennen juhannusta tehtiin saunavihtoja. Ne laitettiin sidoksista roikkumaan. Kuivuivat orrella, säilyttäen tuoksun. Ennen juhannusta tehdyt vihdat pitivät lehtensä. Vuoden sato kerätään syyskesällä laareihin. Kekriaika juhlitaan vuodentuloa. Kaikki toiminta tähtää Jouluun ja Joulun ilosanomaan.

Minä, Anitta ja joululahjat 1950-luvulla

Kekri on syysjuhla. Suomessa kekriä vietettiin vuoden suurimpana juhlana satokauden taitekohdassa, kun kasvukauden työt, karjan ulkolaidunnus ja syysteurastukset oli saatettu päätökseen.

Kukin talo juhlisti kekriä omassa tahdissaan, kun sadonkorjuu oli saatu päätökseen. Kekripöydässä nautittiin lampaanpaistia, makkaroita, juureksia, puuroja ja vellejä sekä tuoretta leipää. Juhliin keitettiin myös viinat sekä pantiin oluet. Tulevan viljasadon turvaamiseksi ryypyn otti muutoin raitis henkilö.

Kekrinä leikittiin, laulettiin, pyörittiin piiriä ja kerrottiin tarinoita usean sukupolven voimin. Vuodentaitteen ja sadonkorjuun hedelmällisyyttä korostava juhla oli oivallinen kosioaika. Nuoret leikittelivät pukeutumalla kekripukiksi ja kekrittäriksi, joiden nimitykset vaihtelevat murrealueiden mukaan.

Loka-marraskuun taitoskohtaan ajoittuva jakoaika oli kahdentoista päivän mittainen. Aurinkovuoden ja kuuvuoden erotuksen tasaava jakso. Tuo aika elettiin kahden vuoden välissä. Jakoaika oli vaarallista aikaa. Raja tämän ja tuonpuoleisen maailman välillä oli ohut. Vainajia tuli kestitä ja kohdella vieraanvaraisesti. Heille lämmitettiin sauna ja henkien kylpiessä katettiin pitopöytä. Esi-isien siirtyessä nauttimaan juhlien antimia tupaan, oli isäntäväen vuoro saunoa.

Joulun tarina

Omana aikanani Vatajan ja Kodesjärven kylissä joulun valmistelut alkoivat syksyllä. Elonkorjuun aikaan varastoitiin kauralyhteitä lintuja varten jouluksi. Syksyisin teurastettiin eläimiä. Lähdin usein kysymään kylän teurastajaa Niemen Suloa ammattihommiin. Jos meinasi saada joulukinkkua, oli otettava sialta henki pois. Kun tuli viileämmät kelit, oli sian teurastuksen aika. Siasta syötiin kaikki muu paitsi saparo ja korvat. Päästä tehtiin sylttyä. Se oli hyvää syysruokaa kuumien perunoitten kanssa. Kun sika teurastettiin karjakeittiössä. Veri kerättiin talteen. Siitä sai verilättyjä ja veripalttua. Nämä olivat Vaahteramäen Eemelin lempiruokia.

Kansakoulussa harjoiteltiin koko syksy joulunäytelmiä. Ja leikkejä kuusen ympärillä. – Hei tonttu ukot hyppikää, nyt on riemu raikkahin aika. Seuraava esitys toteutettiin joka vuosi ja aina se oli uusi.

Joulun ihme: Jouluevankeliumi. Ja tapahtui niinä päivinä, että keisari Augustukselta kävi käsky, että kaikki maailma oli verolle pantava. Tämä verollepano oli ensimmäinen ja tapahtui Kyreniuksen ollessa Syyrian maaherrana. Ja kaikki menivät verolle pantaviksi, kukin omaan kaupunkiinsa. Niin Joosefkin lähti Galileasta, Nasaretin kaupungista, ylös Juudeaan, Daavidin kaupunkiin, jonka nimi on Betlehem, hän kun oli Daavidin huonetta ja sukua, verolle pantavaksi Marian, kihlattunsa, kanssa, joka oli raskaana.

Niin tapahtui heidän siellä ollessaan, että Marian synnyttämisen aika tuli. Ja hän synnytti pojan, esikoisensa, ja kapaloi hänet ja pani hänet seimeen, koska heille ei ollut sijaa majatalossa. Ja sillä seudulla oli paimenia kedolla vartioimassa yöllä laumaansa. Niin heidän edessään seisoi Herran enkeli, ja Herran kirkkaus loisti heidän ympärillään, ja he peljästyivät suuresti. Mutta enkeli sanoi heille: "Älkää peljätkö; sillä katso, minä ilmoitan teille suuren ilon, joka on tuleva kaikelle kansalle: teille on tänä päivänä syntynyt Vapahtaja, joka on Kristus, Herra, Daavidin kaupungissa. Ja tämä on teille merkkinä: te löydätte lapsen kapaloituna ja seimessä makaamassa." Ja yhtäkkiä oli enkelin kanssa suuri joukko taivaallista sotaväkeä, ja he ylistivät Jumalaa ja sanoivat:

"Kunnia Jumalalle korkeuksissa, ja maassa rauha ihmisten kesken, joita kohtaan hänellä on hyvä tahto!"

Ja kun enkelit olivat menneet paimenten luota taivaaseen, niin nämä puhuivat toisillensa: "Menkäämme nyt Betlehemiin katsomaan sitä, mikä on tapahtunut ja minkä Herra meille ilmoitti." Ja he menivät kiiruhtaen ja löysivät Marian ja Joosefin ja lapsen, joka makasi seimessä. Ja kun he tämän olivat nähneet, ilmoittivat he sen sanan, joka oli puhuttu heille tästä lapsesta. Ja kaikki, jotka sen kuulivat, ihmettelivät sitä, mitä paimenet heille puhuivat. Mutta Maria kätki kaikki nämä sanat ja tutkisteli niitä sydämessänsä. Ja paimenet palasivat kiittäen ja ylistäen Jumalaa kaikesta, minkä olivat kuulleet ja nähneet, sen mukaan kuin heille oli puhuttu.

Koulun kuusijuhla oli kylän juhla. Pimeän talven kohokohta. Jokainen lapsi sai jouluaiheisen lahjapussin. Siinä oli omena, nisu-ukko ja tähtipiparkakku. Juhla päättyi ja kylän väki käyskenteli mietteliäänä kotiin kuulaan tähtitaivaan alla. Pakkaslumi narskui kävellessä.

Taloissa tehtiin jouluvalmisteluja kekrin jälkeen. Limppuja leivottiin ja ne säilöttiin vilja-aittaan laareihin ohrien joukkoon. Sianlihat suolattiin puutiinuissa. Kaksi kinkkua riitti isolle perheelle. Lähempänä joulua paistettiin laatikot.

Jouluaatto oli kohokohta. Valitsin kuusen metsästä sulan maan aikaan. Se oli helpompi löytää syvässä lumihangessa. Jouluruuat ovat olleet meidän maassamme perinteiset. Kalkkunan tulo Saksasta Ruotsin joulupöytään kesti neljäsataa vuotta. Rosolli ja suolakalat kuuluivat pöytään. Joulupäivien välillä ei ruokia korjattu. Syödä sai yöllä.

Sahtia tehtiin hyvissä ajoin ennen joulua. Sahdin teko oli tarkkaa hommaa. Puuastiat desinfioitiin katajanoksilla. Ne antoivat juomaan makua. Samoin humala ja katajanmarjat. Isännän sahtituoppi oli usein katajasta tehty. Jouluaattona ja joulupäivänä ei kyläilty. Noina päivinä tehtiin välttämättömät askareet navetassa ja kartanolla.

Jouluaattona muistettiin eläimiä. Talon pihapiirissä oli myös tonttuja. Oli saunatonttu, navettatonttu, tallitonttu, riihitonttu ja talon suojelijatonttu. Tontut ruokittiin, heille vietiin jouluateria ja juomaa. Tonttua ei saanut suututtaa, se tiesi menetyksiä.

Sauna on suomalaisten pyhä paikka. Siellä synnyttiin, valmistettiin viimeiselle matkalle. Saunassa palvattiin lihat, mallastettiin viljat olutta varten. Joulusauna oli vanhaan aikaan iltapäivällä ennen joulun ateriaa.

Päivällä syötiin joulupuuroa, jotta jaksettiin odottaa saunaa ja kaiken odotuksen huipentumaa – joulupukkia. Joulupukki tuli yleensä niihin aikoihin, kun isä oli mennyt talliin ja navettaan katsomaan, että eläimillä on kaikki hyvin. Pukki oli ehtinyt käväistä lahjasäkin kanssa ennen kuin isä palasi kierrokseltaan. Lapset jännittivät. Koko vuosi oli muistutettu kiltteydestä. Tuoko joulupukki lahjoja vai vittaknipun. Yleensä lapset saivat lahjoja. Sukkia, rasoja, monot ja sukset. Pojat saivat autoja tytöt nukkeja.

Joulukirkkoon mentiin hevosen ja reen kanssa vanhaan aikaan Joulupäivä aamuna aikaisin. Nykyisin tavat ovat muuttuneet. Joulun sanoma on sama vuodesta vuoteen. Se on Luukkaan evankeliumissa.

Tapaninpäivän ruoka oli lipeäkala, valkokastike ja keitetyt perunat. Ajeltiin ja kyläiltiin. Laskettiin mäkiä. Ajelu köröteltiin pikku Mossella isoäidin luokse Isojoen Kodesjärvelle. Joulupuuroo tarjoo kunnon väki. Joulupuuro oli vanhaanaikaan ohrankryyneistä tehtyä. Kahvin kanssa Hulda Emilia Honkaranta tarjosi letitettyjä pullarinkeleitä. Pauligin tee oli toinen vaihtoehto.

Loppiaiseen joulu loppui. Vietiin kuusi pois. Neulaset olivat jo karisseet permannolle. Laskiaisena laskeuduttiin paastoon. Joulukinkun luusta tehtiin hernesoppaa.

Minä, isä ja Vähätalon Jaani vuosi 1958

Miniloma Helsingissä

Lähdimme Heidin kanssa minilomalle Helsinkiin. Loman voi tehdä niin että tulee kotiin Suikkilaan Vatajan kylästä ja järjestelee Turun asioita kuntoon. Turussa tarvitaan autotallipaikka. Talvi tulee Pohjolaan joka vuosi. Auto sai tallipaikan, sähkörasian kanssa. Suikkilan alueen rakentamista jatketaan, iso koulukeskus on pian valmis. Entinen kauppakeskus ja valtava parkkialue puretaan ja tilalle tulee korkeita kerrostaloja. Tämä tarkoittaa arkkitehtonisen metsälähiön uudistunutta elämää. Parkkihallia kannattaa käyttää autolle koska Turussa on tehokas julkinen kaupunkiliikenne.

Heidi Helsingin Asemaravintola 2023

Föli kulkee vartin välein. Sillä pääsee Kupittaan rautatieasemalle niin kuin Matti ja Liisa Juhani Ahon romaanissa Rautatie. Helsinkiin kulkee usein junia. Kaksikerroksinen sähköjuna on hiljainen. Matkanopeus on 150 kilometriä tunnissa. Pienet pysähdykset välillä.

Helsingin ensimmäinen asema on Pasilassa, juna menee ostoskeskuksen läpi. Hotelli Tripla on rautatieaseman päällä. Siinä kotiuduimme. Laadukas nukkumahotelli. Hotellin vieressä on Messukeskus ja Kirjamessut. Siellä oli monitahoinen tunnelma. Kirjoja kirjoitetaan kaikilta elämän alueilta. Ihmisiä oli tuhansin neljänä päivänä. Juna oli melko täynnä mennessä, ajoissa ostetut liput maksoivat tosi vähän. Samoin hotelli oli täynnä. Helsinki oli täynnä kirjamessujen takia.

Kävimme sunnuntaina ulkona syömässä. Otin kahvia ja Ranskan perunoita asemaravintolassa Heidi otti jäätelön. Asemalle pääsi hotellilta HKL'n paikallisjunalla. Matka kesti muutaman minuutin. Bussilla jatkoimme Leppävaaran suuntaan. Oli ristiäiset. Heidin tyttärenpoika sai nimen Olavi. Pappi oli nuori nainen. Juhlan jälkeen palasimme bussin ja paikallisjunan voimin Triplaan.

Helsingin Asemaravintola 2023

Hotellissa on ollut upea aamiainen parina päivänä. Tämän aamuisella jaksoimme Turun Suikkilaan. Busseja kuljettavat vieraskieliset. Näin saattaisi luulla. Turun kuljettaja, arabimies puhui selkosuomea. Hän kehotti siirtymään käytävällä eteenpäin. Puhe tehosi. Oli koulut päättyneet ja paljon matkassa nuorta väkeä.

Siinä sitten kotona kiipesimme ylimpään kerrokseen. Ensi vuonna tulee taloon hissi. Kuntoilu rajoittuu. Uusi pyykkikone tuli viime viikolla ja heti lähti hienopesu ohjelma käyntiin.

Kirjamessut 2023

Tapasimme tuttuja Helsingin kirjamessuilla. Kirjailijan lähin henkilö kirjankustannusmaailmassa on kustantajan, BoD'n, tukihenkilö. Hänen nimensä on Mona. Häneen tulee oltua yhteydessä viikoittain.

Helsingin kirjamessut, minä ja Mona, kustantajan BoD yhteyshenkilö

Kirjoituslajini voi olla kuin pienoisromaani Matti ja Liisa -kertomus, joka on kansatieteellinen kuvaus Rautatiestä. Juhani Ahon kirjoittama. Ahon kirjassa käytettiin kansanomaisia käsitteitä, kuten rautahepo, joka syö halkoja. Ihmisten välillä on kuilu. Aina ei ole käsitteitä, joilla välittää viesti. Kun internet on rajaton, tietolähde syntyy kansanliikkeinä ihmisryhmien välille.

Messuilla tavattiin tuttuja, Olli ja hänen ystävänsä, Tarja ja Mona sekä tietokirjailija Juha O Luukka, joka on kirjoittanut historiallisia teoksia. Sekä Hilkka, joka tunnisti minut Heidin kautta.

Tietokirjailija Timo O Luukka tentattavana Helsingin kirjamessuilla 2023

Mesuilla esiintyy yli 1.000 kirjailijaa. Olin viime vuonna kirjan kanssa esiintymässä. Tänä vuonna toista kertaa. Vatajan kylän miehiä ja ruokia

-kerronnallinen tietokirja oli komeasti esillä BoD -kustantamon hyllyllä. Kustantamo ja kirjapaino ovat saksalaisia. Tapasin messuilla kustantamon edustajan Monan.

Tällä hetkellä nouseva tietokirjojen laji on kerronnallinen tietokirja. Kertomuksen avulla tieto jää mieleen. Mikään uusi asia tämäkään ei ole. Uusi ja vanha Testamentti ovat tätä lajia. Tietokirjan ja fiktiivisen romaanin ero on totuudessa. Tietokirja voi olla omaa muistelua. Fiktiivinen proosa voi olla kokonaan keksitty tarina. Messuilla oli kaiken alueen kirjoja esillä. Messuilla tapasimme tuttuja.

Taria Loginov, Olli Salo ja minä Helsingin kirjamessuilla 2023

YHDEKSÄS TARINA

Muutimme loppukevääksi 2024 asumaan Budapestiin. Täällä kevät tulee aiemmin. Lähdimme maaliskuun puolivälissä Turusta. Oli kevään talvinen aika. Budapestin lento ei ole kuin pari tuntia. Lähdimme edellisenä päivänä, koska laukut oli satava aikaisin sisään lentokoneeseen. Air Baltic on pieni lentoyhtiö eikä sillä ole sisäänkirjoitusmahdollisuutta Seutulan lentokentällä. Tämän tekee kenttävirkailija lisämaksusta, ellei itse ole tehnyt sitä netissä. Air Balticilla oli välilasku Vilnassa. Mukava ja moderni kenttä.

BUDAPESTIN KEVÄT

Olimme vuoden 2023 keväänä Budapestissa kuukauden. Etsimme paikkaa missä voi kävellä päivittäin lämpimässä säässä. Ensimmäinen korona antoi vuoden jälkitaudin ja se vaivasi kylmässä. Liikkuminen jäisillä kaduilla Suikkilassa oli mahdotonta. Vatajan kylässä pääsi kävelemään, kun lähti Kankaanpään torille. Pitkät kävelymatkat pitkin Budapestiä auttoivat toipumaan. Tuosta asumisesta Budapestissä kirjoitin kirjan, Budapestin päiväkirjat.

Matkalle lähtö

Nokka kohti Seutulaa ja Budapestin kevättä. Menimme Heidin kanssa Vainion liikenteellä. Oli halvat junaliput mutta Bussin helppous vei voiton. Vainio vie terminaalin eteen. Aamulla on aikainen lähtö. Viedään illalla matkalaukut kuljettimeen. Lentokone menee Riikan kautta. Finnair tankkaa myös ulkomailla omat koneensa.

Heidi Turun linja-autoasema

Unkarissa on mennyt 35 vuotta saattaa maa läntiselle tasolle. Vapautumisen jälkeen. Siihen tasoon on vielä matkaa varmasti sata vuotta. Samanlainen tilanne kuin Itä-Saksassa. Maan ostoon Neuvostoliitolta Saksalle kului miljardeja, ja maan modernisointiin lisää satoja miljardeja. Nyt Itä-Saksa on 80 settiä lännen eurosta.

Ari Turussa valmiina liikenteeseen

14.3.
Riikassa oli välilasku matkalla Budapestiin. Riikassa on komea ja tehokas lentokenttä. Parin tunnin ruokatauko ennen jatkolentoa. Tauotkin ovat matkantekoa.

Air Baltic Riikassa

Riikan lentokenttä
Jos ei olisi yövytty Helsingin lentokentällä hotellissa, olisi matkaan pitänyt lähteä yöllä Turusta. Liian rankkaa. Budapestin lento oli tehokas. Uusi kone ja rauhallinen väki. Edellisessä koneessa oli panikoitsija, hänet jätettiin Seutulan asemalle.

Budapestin kentältä hotelliin oli rauhallinen taksimatka. Hotellihuone on apartemento. Yhdistetty oh, makuuhuone ja keittiö. Sijainti on kohtuullisen lähellä vanhaa kauppahallia. Näkymä on pihan puolelle. Corvin aukio ja puisto ovat lähellä.

Paluu Tonavalle. Se on parin korttelin päässä. Edellisen matkan hotelli Charles on joen toisella puolella. Asunnon vieressä on suuri ostoskeskus.

Se on pakollinen. Ympäristö on vilkasta ravintola-aluetta. Lehtipuut kukkivat kävelykaduilla. Ruoho on uutta. Päivällä lämmin, ilta on viileä. Kenttätakkini M65 Vietnam tarvitsee olla päällä. Budapestin kevät voi alkaa.

Corvin Plaza näkymä

Unkarin kansallispäivä on 15.3. sitä vietetään Unkarin kansannousun muistoksi.

Gratulálok – onnittelut. Lämpötila on plus 15. Tänään 15.3. on sekä Unkarin vallankumouksen että vapaustaistelun, 166 vuotta sitten olleen muistopäivä. Budapest on täynnä nähtävyyksiä. Unkarilla on pitkä ja valloitussotien täyttämä historia. Olemme taas Itävalta Unkarissa. Tänään näemme Tonavan ja löydämme kahvia. Toinen tärkeä asia on pesuaine. Asunto-studiossamme on pesukone. Ja matkapyykkiä.

Unkarilaisille vuoden 1848 vallankumous ja sitä seurannut vapaustaistelu ovat edelleen elävää historiaa. Tapahtumien historia ja merkitys opitaan koulussa ja kotona. Kaikki ovat osallistuneet tapahtumien juhlintaan. Niistä on tullut merkittävä osa unkarilaista kansallista identiteettiä. Suomalaisille Batthyány, Kossuth, Petőfi, Széchenyi tai Tancsis ovat neutraaleja henkilöitä. Unkarilaisille asia on toinen. Jokaisella vapaustaistelijalla oli oma roolinsa ja kansalaisilla on omat ihanteensa.

Kuvassa on Corvin asuntomme piha ja mustarastas. Se pesi ilmalämpöpumpun koneiston päällä.

Ensimmäisen kerran vietettiin vallankumouksen alkamispäivää, 15. maaliskuuta kansallisena juhlana 1919. Tuolloin maailmansodan seurauksena Itävalta-Unkarin kaksoismonarkia oli jo hajonnut.

15.3

Tonavalle mieli teki. Ja Tonavalle käveltiin. Silta Petofi on sillä kohtaa, kun tulimme Terene -pääväylää pitkin jokirantaan. Budapest on suuri kaupunki ja alue.

Heidi ja Tonava

Asuntomme Corvin puiston vieressä on apartemento. Asunto on hiljainen, ainoa liikkuva naapuri on mustarastas. Hänen kotinsa oli meidän parvekkeemme. Hän masentui. Puluja on puistossa paljon.

Tämä herra patsas Corvin aukiolla on Lännen mies. Terence Hill, oikealta nimeltään Mario Girotti, syntynyt 29. maaliskuuta 1939 Venetsiassa Italiassa. Hän on oinas kuten itsekin, meillä on sama syntymäpäivä. Terence on italialainen näyttelijä, joka on näytellyt italowesterneissä sekä useissa elokuvissa Bud Spencerin kanssa.

Puut kukkivat ja koirat kastelevat. Kevättä on ilmassa 14 astetta. Rannalle kävelimme suuren ostoskeskuksen kautta. Se on Corvin Setany, monessa kerroksessa. Paluumatkalla saimme ostaa mansikoita katumyymälästä. Makoisia ovat. Tänään on liki kaikki myymälät suljettuna. On Unkarin kansallispäivä.

Huomenna on Heidin syntymäpäivä 16.3. Kalat. Siihen valmistaudumme hartaudella. Jostain syystä netti ei toiminut. Lennot sekoittivat. Nyt yhteydet toimivat jotenkin keskenään. Sitkeys palkittiin. Iloinen mieli. Heidi opiskelee unkaria tärkeät kolme sanaa. Aikansa kuluksi.

Terence Hill

Heidi on Nokian aukiolla. Corvin aukio ja puisto ovat uutta arkkitehtuuria Budapestissa. Jugend tyylinen muoto ja väritys. Kaikkien aukion talojen parvekkeet ovat vihreätä lasia.

Nokian aukio ja Heidi

Puiston toisessa päässä on Corvin kauppakeskus. Toisessa Nokia rakennus. Corvin kujalta löytyi jauhettavaa papukahvia. Starbukcsin baarista. Aukion laidoilla on erilaisia ravintoloita. Meidän talomme on oikealla ylhäällä. Sen alakerrassa on amerikkalaistyylinen hampurilaispaikka. Pihvit ovat parasta lihaa. Paikka on suosittu.

Alue ja aukio on kyläyhteisö kaupungin sisällä. Unkarissa ja Budapestissa on niin vanha asutus, että täällä aistii ihmiskunnan kollektiivisen alitajunnan. Muhamettilaisvalloitusta oli muutaman sadan vuoden ajan. Osmanien valtakunta oli laaja. Se vetäytyi nykyisen Turkin alueelle. Jäljelle jäivät geenit ja valkosipuli. Välimeri oli kokonaan muhamettilaisten miehittämä. Ristiretkeläiset valtasivat alueet takaisin Euroopalle. Arabivaikutteisuutta löytyy Budapestissa.

Tämä Plaza on rakennettu neuvostomiehityksen jälkeen viimeisten vuosikymmenten aikana. Todennäköisesti sijoitukset ovat amerikkalaista perua. Markkinatalous on elävöittänyt kaupunkia. Parhailla alueilla.

Corvin Plaza arkkitehtuuri

Pääsiäinen

Pääsiäinen on Budapestissa suuri juhla. Pitkänä perjantaina oli syntymäpäiväni. Vuosia oli kertynyt 69. Onnitteluita tuli useita satoja. Yritin kiittää jokaista onnittelijaa.

Talomme on kivierämaassa, se ehkä tekee sen, että olemme netin suhteen vähän katveessa. Helteellä on mukava, kun talo on viileä.

KYMMENES TARINA

Vaeltajan paluu. Joella on Vatajan kylässä tuttuja kesävieraita. Repesorsa ja joutsenpariskunta, musta ja räkättirastaat. Pikkulintuja on paljon. Mailla on hiiriä ja myyriä ollut ja tulee olemaan.

KESÄINEN KANKAANPÄÄ

Kesän vietto alkaa. Pääsee Kankaanpään torille ja saa mustaa makkaraa. Torilla on kukkia, vihanneksia, kalaa ja lihaa. Kalaa on Merikarvian naisilla ja Porin miehillä. Lihaa on Kivikylän vaunussa. Torilla saa lettukahvit. On kaksi konditoriakahvilaa Postelli ja Makasiini kahvila. Kankaanpäässä tapaa tuttuja varsinkin torilla. Kesäisin kyläillään. Kun vanhempien suku on täältä kotoisin, on helppo tavata sukulaisia. Kesällä on markkinoita; Honkajoen markkinat, Isojoen markkinat, Siikaisten markkinat ja Karvian markkinat. Sekä monet muut markkinat.

Kankaanpäässä on ollut Taidekoulu vuosikymmenet ja Liisa Juhantalo pitkäaikaisena rehtorina. Ennen tapasi Kauko Juhantalon toripäivillä, nykyisin tapaa Anssi Joutsenlahden ja Jari Koskelan. Saa kuulla isot kuulumiset. Taide näkyy Kankaanpään katukuvassa. Taidekoulu ja Taidegalleria järjestävät näyttelyitä. Pian on Kankaanpään museon 50-vuotis juhlanäyttely Niinisalossa. Niinisalo tuo varuskuntana näkyvyyttä, ja kuuluvuutta Kaupunkiin.

Timo Tuomi

Oppaita on ollut matkanvarrella muutamia. Pitkäaikainen oppaani on Honkajoelta, nykyisin Kankaanpääläinen Timo Tuomi. Olen tuntenut Timon 11-vuotiaasta. Menin Honkajoen kirkolle oppikouluun, Timo oli Honkajoen Osuuskaupassa töissä. Rautaosastolla.

*Kesäinen toripäivä Kankaanpäässä Sinikka Aaltonen, Osmo Koskinen,
Timo Tuomi ja Olli Mustaniemi*

Timo Tuomi on ollut oppaani. Timo on ollut hengenmies aina. Yhtä lailla
hän on ollut nikamakorjaaja. Tapasin Timon uudelleen, kun aloin korjata
mökkiä asuinkuntoon 2000-luvulla. Tapasin häntä Kankaanpään K-
Raudassa ja juttelimme aina silloin tällöin. Rakennustöissä selkä oli
kovilla ja Timo alkoi hoitaa kroppaani. Samalla hoitamisella on tullut
sielunhoitoa. Hoidot ovat jatkuneet sielun ja nivelten osalta näihin
päiviin.

Keho ei ole fyysisenä toimijana yksin vaan monet hermopinteet ja
lihaskrampit ovat laadultaan henkisiä. Stressi ja mielipaha aiheuttavat
kroppaan mitä erilaisimpia kramppeja. Stressi on usein alitajuista.

Varsinkin pitkäkestoinen stressi. Jos henkilöllä ei ole stressiä hän tuskin on elossa. Lyhytaikainen stressi on elinehto, jotta ylipäätään saadaan jotain tehdyksi. Stressi on perua luolamiesajalta, jolloin vaara oli koko ajan läsnä. Nykyajan uhka on laadultaan sosiaalista ja henkistä. Mutta vaikutus kropan toimintaan on sama.

Timo on hoitanut fyysisiä ja henkisiä jumejani ansiokkaasti. Jokin aika sitten sairastuin koronaan. Se tahtoi haitata liikkumista. Vaikka työni on nykyisin kirjoittamista, se on fyysistä toimintaa. Kun kirjoittaa kahdeksan tuntia päivässä, niin se ottaa moneen paikkaan, erityisesti niskaan ja hartioihin. Iskiashermot ja niiden jatkeet menevät selän puolella ylhäältä alas. Syy voi olla niskassa mutta kipu tuntuu isovarpaassa, mihin hermo päättyy.

Timon työssä tulee tuntea ihmiskeho hermoston ja lihasten osalta. Samoin ne henkiset prosessit, jotka aiheuttavat kropan vääristymiä hermoston välityksellä niveliin.

Timo Tuomi ja torituliaiset kotiin

Laahustin eilen Timolle paikattavaksi. Eivät toimineet jalat, selkä oli juntturassa, olkapäät jumissa ja niska aivan pois kuosistaan. Heidi totesi, että jalkasi on kuin kavio. Aivan krampissa. Timo niitä paikkoja aikansa käsitteli. Minä huusin kuin jouluporsas, suoraa huutoa. Tänään kävely on helpompaa ja niskaa pitää varoa, ettei kirjoita kuin taitettu vesiletku niskan kohdalta. Silloin ei kierrä veri eikä toimi hermo. Eikä synny sinisiä tai vihreitä ajatuksia kuin Konsta Pylkkäselle.

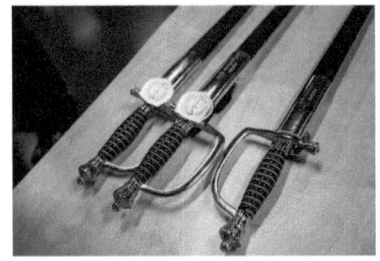

Kirjailijan työkalut – mitä minä sillä miekalla teen